COLLECTION FOLIO

Scholastique Mukasonga

Cœur tambour

Gallimard

L'auteur remercie le Centre national des lettres
du soutien qu'il a apporté à cet ouvrage.

© *Éditions Gallimard*, 2016.

Scholastique Mukasonga, née au Rwanda, vit et travaille en Basse-Normandie. Son premier ouvrage, *Inyenzi ou les Cafards*, a obtenu la reconnaissance de la critique et a touché un large public ; le deuxième, *La femme aux pieds nus*, a figuré dans la sélection de Printemps du Renaudot 2008 et a remporté le prix Seligmann 2008 « contre le racisme, l'injustice et l'intolérance » ; le troisième, *L'Iguifou*, a été couronné par le prix Renaissance de la nouvelle 2011 et le prix Paul Bourdarie 2011 décerné par l'Académie des sciences d'outre-mer ; le quatrième, *Notre-Dame du Nil*, a obtenu trois prix : le prix Ahmadou Kourouma décerné par le Salon international du livre et de la presse de Genève, le prix Océans France Ô et le prix Renaudot 2012 ; et le cinquième, *Ce que murmurent les collines*, a reçu le Grand Prix SGDL de la nouvelle 2015. Son sixième roman, *Cœur tambour*, a reçu un très bel accueil critique. Le prix Francine et Antoine Bernheim pour les lettres et les arts de la Fondation du judaïsme français a été attribué à Scholastique Mukasonga pour l'ensemble de son œuvre en 2015.

Kitami

AVERTISSEMENT DE L'ÉDITEUR

Il y a maintenant un an disparaissait, dans des circonstances restées mystérieuses, la célèbre chanteuse africaine Kitami. Kitami, je l'ai suivie dans presque toutes ses tournées, bien sûr d'abord à titre professionnel, mais sans doute aussi peu à peu gagné par la fascination qu'elle avait fini par exercer sur moi. J'étais sans doute le seul journaliste auquel elle daignait, sinon accorder des interviews, du moins adresser quelques-unes de ses sentences, aussi énigmatiques que les oracles de la pythie de Delphes. Heureusement, les oracles avaient un interprète : l'éloquence intarissable de son manager était toujours là pour commenter d'exégèses fumeuses le chant inspiré qui prenait possession de Kitami lors de ses récitals. Kitami, elle-même, ne semblait guère prendre au sérieux les divagations plus ou moins ésotériques de son imprésario et, sans les démentir, se contentait d'en rire.

Quelques semaines après la mort de la chanteuse (on ne sait toujours pas s'il s'agit d'un meurtre, d'un suicide ou d'un accident), je reçus, à mon domicile parisien, un imposant colis sans nom d'expéditeur. Le carton contenait une vieille valise cabossée et balafrée de griffures, et la valise un petit fer de lance noirci que je présumai être d'origine rwandaise, ainsi qu'une série de dessins représentant, dans un lointain de palais fantastiques, Kitami, encore adolescente, nue ou seulement vêtue de ces parures improbables que portent, dans les bandes dessinées du genre *heroic fantasy*, les Amazones guerrières. J'y découvris surtout un cahier à couverture bleue cartonnée que je me mis aussitôt à feuilleter : les pages étaient couvertes d'une écriture appliquée et je me rendis compte, en en parcourant quelques-unes au hasard, qu'il s'agissait du récit que faisait Kitami elle-même de son enfance et de sa jeunesse au Rwanda. Plusieurs lectures attentives du texte, quelques recoupements avec de rares témoins, et surtout la présence du petit fer de lance qui, comme on le verra, équivalait à une signature me convainquirent de l'authenticité du manuscrit. C'est pourquoi j'ai décidé de le publier ici dans son intégralité. Nous sommes certains qu'il intéressera aussi bien les historiens, les ethnologues, les psychiatres que les nombreux admirateurs de la chanteuse.

Peut-on d'ailleurs, à propos de Kitami, parler véritablement de chanteuse, tant les incantations de celle qu'on surnommait l'Amazone noire semblaient jaillir des profondeurs d'une Afrique ancestrale à jamais insoumise?

Insoumise, elle l'était Kitami, et ses caprices dignes d'une diva du bel canto désolaient son imprésario comme son public. Il est vrai que certains de ses concerts – mais cela arrivait rarement, faut-il le préciser? – se réduisaient à un récital sans originalité de standards du blues ou du gospel, d'ailleurs médiocrement interprétés. Cela déclenchait immanquablement la fureur de ses fans frustrés et les gardes du corps avaient bien du mal à protéger la chanteuse, et le directeur de la salle ses fauteuils. Kitami présentait ses regrets disant que son Chant ne lui appartenait pas et que, parfois, il la désertait.

Fort heureusement, dans la plupart des cas, Kitami, dès qu'elle entrait en scène, était saisie d'une sorte de transe qui, portée par le grondement des tambours qui l'accompagnaient, la projetait dans l'interminable improvisation magnétique qui constituait son seul répertoire et plongeait peu à peu l'auditoire dans une absolue béatitude, mêlée d'un grain d'hystérie, dont on avait, longtemps après le concert, peine et regret à se défaire. Le Chant avait pris possession de Kitami et déployait son corps dans les arabesques d'une danse éperdue ou le figeait au contraire dans les prostrations hiératiques d'une liturgie maniaque. Alors le long poème, chanté à pleine voix, chuchoté, déclamé, proféré par saccades, psalmodié, hurlé, murmuré, vociféré, vous faisait éprouver, dans les méandres de la voix de Kitami, joie et tristesse, désespoir et espérance, terreur et béatitude, humiliation et délivrance, sanglots et orgasme, déréliction de l'exil et jubilation du retour. Dans son Chant, se bousculaient des mots dévoyés de toutes les langues qui se retrouvaient ballottés, malmenés, charriés, entraînés, emportés par le flot tumultueux du Chant. D'où venaient-ils, ces mots ? du kinyarwanda, la langue maternelle de la chanteuse, d'un anglais dans sa version rasta-jamaïcaine, du yoruba-cubain, d'un français quelque peu créolisé, certains prétendaient y reconnaître les sonorités de l'amharique, du swahili, du sango, du wolof, du ruhima, du lingala, du copte, du dinka, du sanskrit, de l'araméen... de langues inconnues disparues depuis des millénaires ou encore à naître, des onomatopées d'une glossolalie mystique ? Arrachés à leur langue matricielle, dépouillés de leurs sens, ils s'agrégeaient en une unique incantation magique dont tous ceux qui l'écoutaient partageaient, ne fût-ce qu'un instant, la puissance.

De toute façon, Kitami refusait avec obstination qu'on transcrive et imprime ses improvisations conçues durant la transe musicale. « L'écrit, disait-elle, tuera tous ces mots qui sont venus en moi sans que je les contraigne, ils ont vécu dans ma bouche d'une vie nouvelle, tout éphémère, à laquelle ils n'étaient pas destinés, si on les imprime sur une page, ils ne seront plus que ces papillons épinglés dans la boîte de l'entomo-

logiste, ils finiront par tomber en poussière.»
Quelques-uns de ses dévots s'affirmaient toutefois capables d'interpréter les énigmes du poème toujours recommencé mais jamais identique car, prétendaient-ils, les mots inspirés répondaient, comme un oracle, aux questions vitales ou futiles qui paraissaient émaner, selon eux, de leur inconscient ou de l'inconscient collectif du public d'un soir. D'autres y retrouvaient, dans un éclair d'euphorie, les vocables familiers d'une langue maternelle depuis longtemps oubliée.

À part le fameux *Kitami's Chant* qui lui valut ce soudain succès planétaire (un million de disques vendus en quelques semaines), Kitami enregistrait rarement en studio, les quelques 33 tours qui nous restent d'elle l'ont presque tous été en *live* et, le plus souvent, par des prises de son pirates. Son groupe se composait classiquement d'un saxophoniste et d'une contrebasse, mais c'était une batterie de trois tambours qui constituait l'essentiel de son accompagnement. Il s'agissait à l'origine de tambours rastafaris, de ceux que l'on appelle nyabinghi, mais s'y ajoutaient aussi, selon les inspirations de la chanteuse, des tambours ka de la Guadeloupe et même, à la fin de sa carrière, des tambours bata consacrés au culte des orichas cubains. Il y avait de plus un énorme tambour authentiquement rwandais qu'on ne battait en solitaire qu'au début ou à la fin du concert.

«C'est lui, disait Kitami, qui fait descendre sur

moi l'esprit du Chant. » Elle assurait que c'était un tambour sacré, un tambour ingabe au nom mystérieux de Ruguina qui, selon elle, signifiait « le Rouge » ou, plus précisément, « le Rouge-Brun ». Elle racontait que le desservant du tambour, un vieillard aveugle, lui en avait fait don, moyennant une compensation symbolique, car il n'existe pas de don sans contre-don. Depuis des générations, son lignage, auquel avaient été confiés la garde et le soin du tambour, n'avait pas le droit de le battre, mais savait qu'il devrait le remettre un jour à celle à laquelle il était destiné. Le vieillard l'avait reconnue, elle, Kitami, comme celle qu'ils attendaient. « Moi, disait-elle, j'ai sauvé le tambour et l'esprit qui l'habite de la destruction ou du musée où on allait l'enfermer. Mais je ne suis ni sa maîtresse ni son épouse : je suis sa servante. »

Cependant, aux témoignages d'intimes confidentes, Kitami donnait parfois, pour quelques hôtes privilégiés, une tout autre version de l'« invention » de son tambour, une version beaucoup plus fantastique. Dans son enfance, assurait-elle, elle avait entendu l'appel du tambour sacré. Elle s'était juré de le sauver car, si on en croyait les images de propagande que faisait circuler le parti unique au Rwanda, il était lui aussi promis à la destruction : on y voyait en effet des représentants du peuple majoritaire s'acharnant avec la hache du défricheur et la houe du cultivateur à mettre en pièces le tambour royal. Selon elle, son tambour était celui d'une reine mythique, la reine Kitami dont elle avait pris le nom et dont elle se croyait, de temps à autre, la réincarnation. Mêlant diverses lectures, celle de la fable grecque, celle de romans du genre de *L'Atlantide* ou des *Mines du roi Salomon,* à des vestiges épars de traditions authentiquement africaines, elle décrivait Kitami comme la reine du royaume des femmes. Ces farouches guerrières, vêtues de peaux de léopard, semaient la terreur de leurs flèches infaillibles. Comme leur souveraine, elles tuaient leurs amants (et ils étaient nombreux car nul ne pouvait résister à leur beauté et surtout à leurs philtres d'amour), immolaient les mâles auxquels elles donnaient le jour et ne gardaient que les filles. « Je sais quel est le nom du tambour de la reine Kitami, affirmait-elle pour conclure, il s'appelle Ruguina, "le Rouge", mais le temps n'est pas encore venu de vous dire pourquoi il porte ce nom. »

L'un des batteurs était jamaïcain, l'autre venait de la Guadeloupe, le troisième, qui frappait le plus gros des tambours et avait le privilège d'accéder au tambour Ruguina, se disait, selon les circonstances, tantôt ougandais tantôt rwandais. On sentait toutefois sa préférence à se dire rwandais. Les deux premiers arboraient fièrement leurs dreadlocks embroussaillées qui finissaient en nœuds indémêlables, les « nœuds terrifiants », mais le Rwandais avait taillé la masse épaisse de ses cheveux crépus en belles figures géométriques. Kitami regrettait que les rastas n'aient pas adopté les coiffures amasunzu rwandaises qu'elle trouvait plus élégantes que les dreadlocks mais, à présent, c'était trop tard : pour s'affirmer rasta, il fallait porter ce genre de tresses.

Kitami vouait un véritable culte à ses tambours et particulièrement au tambour rwandais qu'elle considérait, puisque venant d'Afrique, comme le père ou peut-être la mère – car, pour elle, les tambours étaient d'essence féminine – des tambours caribéens. De plus, elle était persuadée non seulement qu'il avait appartenu à Kitami, la reine des femmes, mais aussi qu'il recelait son Esprit. Les tribulations qu'il pouvait subir durant les voyages qu'imposaient les tournées la plongeaient dans des inquiétudes qui n'avaient de cesse que lorsqu'elle pouvait aller le saluer après qu'on l'eut déballé de sa caisse et de sa housse. Elle le faisait placer sur le trépied où il reposait à l'horizontale, en faisait plusieurs fois le tour, l'examinait minutieusement pour effacer avec un baume de sa composition la moindre éraflure. Ses musiciens racontent qu'avant chaque concert ils la voyaient répandre sur son tambour vénéré des libations de parfum pour le convaincre et le remercier d'entrer en scène « car, disait-elle, la scène, c'est mauvais pour les tambours, les tambours doivent reposer à même la terre, ainsi ils captent le rythme du cœur de la terre, alors, quand leurs battements pénètrent en moi, c'est le cœur de la terre qui bat et qui chante en moi. Sur scène, c'est plus difficile, cela me coûte beaucoup d'efforts, les tambours sont de moins bons médiums, mais j'y arrive quand même ».

Il lui avait été révélé que les trois tambours jamaïcains et les trois tambours ka de la Guadeloupe qui étaient battus en alternance (c'étaient, laissait-elle entendre, les tambours eux-mêmes qui lui en avaient fait confidence) étaient des tambours marrons qui avaient été fabriqués et battus par des esclaves en fuite. À propos du tambour rwandais, elle proclamait que lui aussi était un tambour marron car, au Rwanda, tous les tambours qui n'avaient pas été détruits ou dissimulés aux persécuteurs étaient tombés en esclavage. Ils étaient battus dans les missions à la gloire du dieu des Blancs ou pendant les meetings du parti unique pour acclamer le Président qui croyait ainsi usurper leur puissance. Les tambours du Rwanda étaient devenus des esclaves et les tambours qui, comme Ruguina, avaient échappé à l'embrigadement religieux ou politique étaient bien des tambours marrons.

Avant sa rencontre avec Kitami, le groupe des trois tambourinaires, sous le nom de Earth Drums, n'était connu que de quelques amateurs de musiques inspirées du ska jamaïcain ou du gwoka guadeloupéen. Le second album avait rencontré un succès estimable et leur avait rapporté assez d'argent pour pouvoir, comme on le verra, espérer réaliser le rêve de tout croyant rasta. Les trois batteurs en étaient le pivot, les autres musiciens, saxo, contrebasse et les quelques chanteuses et choristes n'étant que de passage. Ils s'étaient, semble-t-il, rencontrés à New York, la Grosse Pomme, Big Apple, vers laquelle convergent toutes les diasporas du monde.

Le leader incontesté jusqu'à la venue de Kitami, l'Ancien, Elder en langage rasta, était Leonard Marcus Livingstone, le Jamaïcain. Il assurait avoir passé les premières années de son enfance au fameux Pinnacle où, sous l'égide de Leonard Howell, s'était établie, sur un promontoire rocailleux dominant Spanish Town, une nouvelle Jérusalem noire. Leonard Howell, dit le Gong, y avait proclamé que Dieu s'était incarné dans le corps d'un homme noir, celui du ras Tafari, couronné empereur d'Éthiopie sous le nom de Hailé Sélassié, Pouvoir de la Trinité, Lion conquérant de la tribu de Judah, Roi des rois, Élu de Dieu, Lumière du monde. Le Négus, assurait-il, rassemblerait tous les anciens esclaves dans leur Éthiopie originelle, le paradis perdu d'où les avaient kidnappés les esclavagistes. La communauté cultivait le cannabis, la ganja, l'herbe sacrée qui fournissait aux adeptes de Leonard Howell, grâce à leurs pipes à eau, que, dans la langue rasta, on appelle chalice, un ersatz d'extase. Parmi tous ceux qui accouraient au Pinnacle dans l'attente du Grand Exode vers la terre promise africaine, nombreuses étaient les femmes seules chargées d'enfants qui y venaient chercher refuge. La mère de Livingstone était l'une d'elles. Livingstone affirmait être né au Pinnacle et avoir été prénommé Leonard en l'honneur du messie Howell et Marcus en celui de Marcus Garvey qui avait fondé la première internationale nègre, l'UNIA (Universal Negro Improvement Association), et lancé une compagnie maritime, The Black Star Line, pour rapatrier les descendants d'esclaves en Afrique. Marcus Garvey était considéré comme un prophète car on lui attribuait ces paroles inspirées : « Regardez vers l'Afrique où un roi noir sera couronné, qui mènera le peuple noir à sa délivrance. » Et la prophétie s'était réalisée puisqu'un roi noir avait bien été couronné en la personne du Roi des rois Hailé Sélassié Ier, empereur d'Éthiopie, Puissance de la Trinité.

Livingstone se souvenait que le Gong montrait souvent aux enfants du Pinnacle les photos en couleurs d'un vieux numéro de *National Geographic* que la communauté considérait comme un livre saint. C'était un reportage sur le sacre du Négus, le 2 novembre 1930. Il y avait quatre-vingt-trois illustrations mais Howell insistait sur l'une d'elles : on y voyait, expliquait-il, l'envoyé du roi d'Angleterre coiffé d'un bicorne emplumé. Il était à genoux devant l'empereur d'Éthiopie, le Lion de Judah, pour lui remettre le sceptre d'or de Roi des rois. Et le Gong, qui avait de bons yeux, déchiffrait l'inscription en alphabet amharique qui était gravée sur un des côtés, un verset du psaume 72 : « Tous les rois de la terre se prosterneront devant lui… car il délivre les pauvres qui appellent. » Et de l'autre côté de la crosse d'or, bien qu'il fût invisible, il lui avait été révélé qu'était inscrit le verset d'un autre psaume : « L'Éthiopie tendra les mains vers Dieu. » Ainsi, concluait-il, « notre Roi est apparu sur la terre de nos ancêtres, il est noir, il est l'envoyé de Jah, notre Dieu, il vient pour nous libérer des tyrans et de l'esclavage qui est toujours notre lot quotidien ».

Le Pinnacle et ses cent cinquante hectares prospérèrent en alimentant la Jamaïque et bientôt toutes les îles environnantes en marijuana jusqu'à ce qu'en 1954, et surtout en 1958, des raids de la police, longtemps complice, détruisent de fond en comble l'éden rasta et en dispersent les élus. Livingstone avait survécu avec sa mère et ses six frères et sœurs dans un bidonville de l'East Kingston. Les rastas y étaient persécutés par la police qui s'acharnait à tondre leurs dreadlocks, la coiffure terrifiante, et la guerre des gangs pour faire main basse sur les trafics liés à la marijuana y faisait rage. À l'école, il avait vite préféré, au désespoir de sa mère, suivre les bandes nomades des terribles tambourinaires burru dont les battements, au temps de l'esclavage, rythmaient le travail sur les plantations et qui, désormais, à la période de Noël et du Nouvel An, envahissaient les ruelles des ghettos de l'East de leurs sarcasmes et de leurs insolences. Il se joignit à quelques batteurs qui faisaient partie de l'un de ces groupes informels qui se désignaient eux-mêmes comme nyabinghi.

Farouchement rebelles à tout embrigadement, même musical, ils s'efforçaient de revenir à la frappe rustique et agressive des trois tambours du burru originel.

Personne ne savait plus trop qui était cette présumée princesse africaine appelée Nyabinghi. Son nom était venu s'échouer sur les plages de la Jamaïque en d'étranges circonstances. Le 12 décembre 1935, peu de temps avant l'invasion de l'Éthiopie par l'Italie fasciste, paraissait dans le journal *Jamaïca Times* un article intitulé «Une société secrète pour détruire les Blancs». Un journaliste italien qui signait du nom de Frederico Philos, s'inspirant manifestement des *Protocoles de Sion*, révélait qu'à Moscou Haïlé Sélassié avait pris la tête d'une société secrète dont le but affiché était d'éradiquer la race blanche. Vingt millions de nègres, au nom d'une mystérieuse reine appelée «Nya-Binghi», allaient déferler sur l'Europe et l'Amérique, «Nya-Binghi» signifiant «mort aux Blancs». Les rastas qui adoptèrent le nom de nyabinghi n'avaient rien de sanguinaire et, dans la torpeur bienheureuse de l'herbe sacrée, ne songeaient nullement à massacrer quiconque. Les tambours suffisaient à leur rébellion et la reine Nyabinghi flottait vaporeuse et inaccessible au-dessus des volutes qui montaient des chalices.

Livingstone racontait avec fierté l'histoire des tambours nyabinghi. Au XVIIIe siècle, disait-il, les nègres marrons avaient établi leur camp dans les montagnes inaccessibles, à l'extrême nord-est de la Jamaïque, dans les Blue Mountains. Nanny, une femme, les commandait. Elle était la terreur des planteurs : ils l'imaginaient dans leurs cauchemars portant à la ceinture une douzaine de coutelas qui, tous, avaient au moins égorgé un Blanc. Nanny-Town avait résisté plus de trente ans aux troupes anglaises. À la prise du camp, les tambours avaient été dissimulés dans une grotte où ils furent retrouvés par les rastas de l'ordre de Nyabinghi. Ce sont, proclamait Livingstone, les ancêtres de tous les tambours nyabinghi.

Au moment où la formation nouvellement créée allait enregistrer son premier 45 tours, de gros ennuis avec la police (il ne précisait jamais lesquels) avaient obligé Livingstone à émigrer. Il avait fini par rallier New York où ses dons de batteur avaient été vite remarqués et, après avoir joué dans diverses formations de jazz, il avait créé lui-même son propre groupe avec lequel il proclamait, non sans un peu d'emphase, vouloir faire retour aux racines profondes de leur «africanité».

Livingstone avait d'ailleurs acquis un grand prestige bien au-delà de son petit groupe. Il affirmait en effet avoir été présent en ce fameux jeudi 21 avril 1966 parmi la foule immense qui attendait, à l'aéroport de Kingston, la venue de l'empereur d'Éthiopie, Hailé Sélassié Ier. Il en faisait, dans ces colloques que les rastas appellent «reasoning» où se mêlent, dans les brumes de la ganja, théologie, musique, incantations, improvisations poétiques, un récit exalté qui impressionnait beaucoup les participants : « Nos Anciens, disait-il, nos Elders, l'avaient lu dans le livre de la Révélation et l'avaient proclamé à tous les rastamen : "Ne pleurez pas, voici le Lion de Judah, la Racine de David, l'Élu de Dieu…" Alors quand on a su que Hailé Sélassié allait venir en Jamaïque, que son avion allait atterrir à Palisadoes Airport, cent mille Jamaïcains s'y sont précipités et dix mille porteurs de dreadlocks y étaient vingt-quatre heures à l'avance, avant tout le monde.

» De grandes choses sont arrivées ce jour-là, ce jour tant désiré, ce jeudi 21 avril 1966 ! On a attendu sous des trombes d'eau et on a aperçu l'avion dans les éclairs d'un nuage d'orage comme celui qui avait dû se déchaîner devant Moïse sur le mont Sinaï. Mais quand l'avion marqué du Lion de Judah a touché le sol, le déluge a cessé brusquement et nous nous sommes retrouvés secs et radieux. Alors la foule a envahi le tarmac, bousculé le service d'ordre et les soldats qui allaient rendre les honneurs ; les tambours nyabinghi et les chants nyabinghi ont recouvert les hymnes nationaux de la misérable fanfare de Babylone et quand Sa Majesté impériale le Lion conquérant de Judah est apparu sur la passerelle, je l'ai aperçu dans un nimbe de lumière et d'autres, quand il a levé les mains pour nous bénir, y ont vu les stigmates du Christ. Mais ce ne furent pas les tyrans de Babylone en haut-deforme qui l'accueillirent en premier, car notre Elder, Mortimer Plano, qui le premier avait porté la coiffure sauvage, les dreadlocks, les écarta : "Faites place", leur ordonna-t-il, et il bondit au haut de la passerelle et ce fut lui qui présenta à Sa Majesté, l'envoyé de Jah, la foule des croyants qui l'attendaient comme le Libérateur qui leur avait été promis. Et tous nous avons entendu Ses Paroles : "Jamaïcains et Éthiopiens, nous sommes frères de sang." Rappelez-vous ce jour, pauvres nègres de Babylone, ce jeudi 21 avril 1966 fut notre jour de rédemption. »

Le ton frénétique avec lequel Livingstone faisait son récit impressionnait beaucoup les petites assemblées rastas et celles-ci étaient prêtes à reconnaître en lui, au moins pour une soirée, l'évangéliste du messie éthiopien.

Baptiste Magloire battait le tambour maké. Il était plein d'assurance car il affirmait être un des maîtres tambouyé du gwoka guadeloupéen. Dès sa plus tendre enfance, il avait assisté tous les samedis soir aux séances de lèwoz qui animaient les quartiers de Basse-Terre. Il avait été fasciné par les trois tambours ka : les deux gros tambours boula qui donnaient le rythme et entre eux, trônant comme un petit roi, le tambour maké qui répondait aux défis que lui lançait le danseur ou la danseuse, suivant, interprétant, magnifiant ses pas et ses figures. Il admirait un vieux tambouyé, un met' tambouyé, appelé Aristide, qu'aucun danseur ni chanteur n'avait pu vaincre. À chaque séance de lèwoz, il se glissait au plus près de lui, observant et imitant le jeu de ses mains sur la peau de cabri. Le vieux voulait l'écarter mais, sans se laisser décourager par ses rebuffades, Baptiste revenait toujours tel un chiot auprès de son maître. Un soir, le vieux finit par lui dire : « Alors, petit, tu veux devenir tambouyé ? Tu ne veux pas apprendre plutôt un vrai métier, un métier de Blancs ? Tu veux chevaucher le tambour, sais-tu jusqu'où il te mènera ? Eh bien soit, je vais t'apprendre la mauvaise vie. Si tu en es capable, je vais faire de toi un vrai tambouyé. J'espère que le tambour aura pitié de toi et qu'il te donnera à manger. » Baptiste se mit à l'école du vieux tambourinaire qui l'initia aux sept rythmes du gwoka. « Quand tu auras ton tambour à toi, bien à toi, lui répétait Aristide, n'oublie pas de lui parler, de le cajoler, de le caresser comme si c'était une belle fille, alors il te chuchotera des secrets que tu fredonneras sans que personne ne les comprenne. Mais n'oublie pas de donner à boire à ton tambour, tu partageras ton rhum avec lui avant de le battre, fais couler ton rhum sur sa peau. N'oublie jamais, tu n'auras pas d'autre compagne que ton tambour : sois-lui fidèle. »

Lorsqu'il s'émancipa de son vieux mentor, il fut l'un des premiers, comme le grand tambouyé Marcel Lollia, dit Vélo, à jouer du tambour debout. Il se fit peu à peu une place puis un nom parmi ceux qui tapaient le ka dans les lèwoz de Basse-Terre et de Pointe-à-Pitre. Mais Baptiste voyait plus loin, il avait le tambour nomade, il voulait se faire un nom, non plus sur la place de la Victoire, mais chez les Américains, à New York de préférence. Il séjourna quelque temps à Haïti, cherchant un moyen de passer aux États-Unis. Malgré des sollicitations pressantes de sa logeuse qui était une prêtresse vaudoue, il refusa de se faire initier, donnant pour prétexte que les esprits loa étaient mal costumés, mal embouchés, et par trop quémandeurs ; en fait, il craignait plutôt leur malfaisance moqueuse envers un étranger. Par contre, les tambours rada l'impressionnèrent beaucoup : ils étaient taillés dans des troncs d'arbres au bois dur et leur membrane était en peau de bœuf. Ils lui parurent plus « africains » que les ka de son île. Il se lia d'amitié avec les tambourinaires qui soutenaient de leurs battements ininterrompus les rituels célébrés en l'honneur des esprits loa. Il affirmait avec fierté qu'un maître tambour l'avait invité à le relayer au cours d'une de ces cérémonies nocturnes et, grâce à sa frappe, il avait appelé la loa Ezili à prendre possession de la prêtresse mambo, sa logeuse, ordonnatrice de la séance.

Baptiste voua désormais une grande vénération à Metès Ezili Freda Dahomé, la mulâtresse luxurieuse, la séductrice embijoutée de perles, de gemmes et de miroirs, la protectrice des gays et des lesbiennes, celle qu'on représente aussi en Vierge des douleurs au cœur percé de glaives et dont les balafres sur le visage témoignent des combats qu'elle avait livrés pour défendre les enfants, qu'on dépeint enfin en vieille femme pleurant sur les amours défuntes. Il se peut que Baptiste ait cru reconnaître en Kitami une incarnation d'Ezili.

Constatant ses dons et les avances amoureuses que lui faisait manifestement Ezili par l'entremise de sa logeuse, ses amis tambourinaires lui firent l'honneur de le présenter à leur tambour sacré : un tambour assotor qui avait échappé aux bûchers dressés par le clergé catholique lors de la croisade antisuperstitions des années 1940. On dévoila le tambour qui était couvert d'un drap mauve. « Je suis pourtant d'une bonne taille, disait Baptiste, mais le tambour assotor était bien plus grand que moi ! » Les tambouyés affirmèrent qu'il était très ancien, que c'était celui de Toussaint Louverture : c'était comme ça qu'il envoyait des messages à ses braves. Sur le tambour était représentée une femme vêtue d'une robe de soirée en dentelle rose parsemée de cœurs dorés. « Tu la reconnais, dirent les tambourinaires, c'est Ezili, c'est toi qu'elle veut, elle a demandé que tu l'épouses. » Baptiste résista à la tentation, sachant combien coûtait, en cadeaux, festins et rhum, un mariage avec un être divin, même incarné en la personne de sa logeuse : il refusa poliment la main d'Ezili, disant qu'il n'était à Haïti que de passage. Et certes, il n'était pas question pour lui d'échanger une île contre une autre, sa destination était plus que jamais New York. Enfin, brouillant quelque peu sa nationalité, il finit par atteindre le Bronx.

C'est là qu'il rencontra Livingstone qui lui exposa le dogme rasta sur le retour des descendants d'esclaves en Afrique. « Ma grand-mère, disait Baptiste, était persuadée que les morts retraversaient l'Atlantique pour retrouver la terre mère, Mama Africa, d'où nos ancêtres ont été arrachés, mais peut-être bien que, grâce à ras Tafari, comme tu dis, nous autres, nous y retournerons vivants. » Il n'était néanmoins pas tout à fait persuadé de la divinité d'Haïlé Sélassié mais cachait ses doutes à Livingstone et gardait une certaine nostalgie pour la loa Ezili dont il avait failli devenir l'époux mystique.

Après quelques pipes de ganja, Baptiste affirmait qu'il était le descendant de la mulâtresse Solitude, celle qui avait résisté aux soldats envoyés par Napoléon pour reprendre la liberté que la République avait reconnue aux nègres et rétablir l'esclavage. « Tout ça, disait-il, à cause des mauvais conseils que sa Joséphine, une fille de béké, lui avait susurrés sur l'oreiller. Les Français sont tous des menteurs, ils disent : "Pov' nèg', vous êtes nos égaux donc vous êtes libres" et ils vous envoient le général Richepanse pour vous remettre dans les chaînes. Mais les nègres, eux, ne veulent plus des chaînes et ils se défendent jusqu'à la mort, sous le volcan, dans un vieux château, à Matouba, et Solitude combat avec eux, elle est enceinte, elle combat avec un pistolet, pan ! pan ! sur les soldats de Richepanse, mais ils sont trop nombreux les soldats de Richepanse, alors les nèg' préfèrent la mort plutôt que l'esclavage, boum! boum! ils font sauter le vieux château et les cadavres montent dans les flammes, dans la fumée, voltigent haut dans le ciel et ça retombe, des morceaux de bras, de jambes, des miettes de crânes, une bouillie de cervelles, mais les âmes des pov' nèg', la Mère-Afrique les accueille. » Baptiste chante, mime, danse l'explosion, puis il se jette à terre, il rampe, se secoue, il sort des gravats : c'est Solitude, la mulâtresse, qui émerge des décombres, vite on la met à nouveau dans les chaînes, vite on la juge, vite on la mène à la guillotine. « "Non, non, dit son ancien maître, attendez qu'elle accouche, son bâtard est à moi, il m'appartient, au moins je n'aurai pas tout perdu." On attend qu'elle accouche pour lui couper la tête. Je dis la vérité : la mulâtresse Solitude, c'est mon aïeule – le tambour de Baptiste gronde – la mulâtresse Solitude, c'est mon aïeule ! »

Moyennant quelques bouteilles de bière, James Rwatangabo racontait complaisamment son histoire. Il se disait tantôt rwandais tantôt ougandais et montrait son passeport ougandais en riant : « Avec celui-là, c'est plus sûr, mais sans papiers je suis aussi bien rwandais ; ce n'est pas moi qui ai décidé d'être rwandais ou ougandais, ça s'est passé il y a longtemps, je ne sais où en Europe, des Blancs à gros ventre et à moustache avec leurs gros cigares, à la fin d'un grand repas, des diplomates ont dit au maître d'hôtel qui était un Noir :

"Firmin, apporte le dessert, il y a un bon gâteau qui s'appelle Afrique, on s'est mis à table pour se le partager, chacun en aura sa part, une grosse pour les Anglais, une autre pour les Français, et les Allemands et les Portugais auront la leur, on ne les oublie pas, et laissez-en pour Léopold qui en veut aussi." Alors ils ont envoyé en Afrique des commissaires, des officiers, des géographes, des topographes, des géomètres, des arpenteurs avec leurs askaris et les tirailleurs et les King's African Rifles et beaucoup de Noirs pour porter sur la tête le matériel et les poteaux frontière. Et ils ont planté les poteaux où ils ont voulu : à gauche, c'est pour les Allemands, à droite, c'est pour les Anglais, et mon grand-père a dit : "Mes vaches, en face, sur la colline, c'est chez les Allemands, et chez moi, ici, dans mon enclos, je suis chez les Anglais." Alors Nyabingui a dit : "Les poteaux des Blancs feront votre malheur, arrachez vite ces poteaux des Blancs." Nyabingui, c'est un esprit mais c'était aussi une femme qui s'appelait Muhumuza, une femme qui disait être reine et vous, les rastas, vous appelez vos tambours nyabinghi, je ne sais pas pourquoi car vous n'y connaissez rien, si vous connaissiez Nyabingui, vous n'appelleriez pas vos tambours nyabinghi, Nyabingui ne supporterait pas vos tambours couverts de peau de chèvre. Nyabingui ou Muhumuza, comme vous voulez, avait dit à ses braves : "Prenez vos arcs, prenez vos lances ! Marchez contre les Blancs, je suis avec vous, leurs fusils ne cracheront que de l'eau." Les fusils n'ont pas craché que de l'eau, mon grand-père a été tué : mais lui, ce n'est pas une balle qui l'a tué, c'est la machette qui l'a tué, la machette d'un de ceux qui suivaient les Anglais comme des chiens. On raconte que le tambour de Muhumuza, celui de Nyabingui, est caché quelque part, dans la montagne, et peut-être qu'il vous attend, vous autres qui vous prétendez des nyabinghi et alors vous aurez enfin un vrai tambour.

» Mon père est resté du côté anglais, ses frères sont restés du côté allemand qui est devenu belge à cause de la guerre que se sont faite les Blancs entre eux. Mes petits-cousins n'ont pas eu de chance : c'est la machette des Rwandais qui les a tués. Il y en a qui se sont échappés en Ouganda, mais ils ne sont pas ougandais, ce sont des réfugiés. Moi, je suis ougandais, j'ai un passeport ougandais, pourtant je suis allé à l'école sur la colline en face, qui était au Rwanda et, quand je repense à tous mes petits-cousins qui étaient en classe avec moi, je deviens rwandais. »

L'école en face, c'était à la mission catholique. Les pères l'avaient accueilli à bras ouverts : « Toi, James, tu es ougandais, mais cela ne fait rien, le bourgmestre ne saura jamais que tu viens d'en face, ici tu t'appelleras Jacques ; nous, on veut sauver ta pauvre petite âme qui, en face, tomberait dans l'hérésie des anglicans ou des Témoins de Jéhovah et, à cause d'eux, tu ne serais pas admis à la droite de Dieu et tu irais brûler dans les flammes de l'enfer à perpétuité. De ce côté, avec nous, tu es sauvé. »

Les pères avaient formé, comme beaucoup d'autres missions, un ensemble de tambourinaires. Ils tapaient le dimanche à la grand-messe quand le prêtre élevait l'hostie et le calice, ils tapaient quand les jeunes xavériens hissaient le drapeau jaune et blanc du pape. James faisait partie de la troupe mais il se doutait bien que ce n'était pas comme cela qu'on devait battre le tambour.

Non loin de l'enclos familial, il y avait un camp de réfugiés rwandais, un dédale de tentes et de baraquements bricolés de cartons et de tôles plus ou moins supervisé par le HCR. James s'y était fait des amis de son âge mais il aimait surtout écouter les vieux évoquer avec nostalgie le pays d'où ils avaient été chassés. Il s'installait souvent aux pieds d'un majestueux vieillard aux cheveux blancs, assis sur une petite chaise pliante, s'appuyant sur son long bâton de berger, drapé noblement dans un pagne effrangé. James lui trouvait un air vraiment royal. Batsinda, c'était le nom du vieux, lui parlait des tambours : «Toi, petit, tu te dis tambourinaire, crois-tu que tu es un mutimbo? Écoute-moi, moi, je suis le berger des tambours. À la cour du mwami Musinga, j'étais le berger des tambours, je gardais le troupeau de Karinga, le tambour qui fait les rois. Dans le troupeau de Karinga, il y avait le tambour qui met fin à la sécheresse, le tambour qui chasse la peste qui menace les vaches, le tambour qui appelle les esprits, celui qui donne abondance de miel, celui qui veille la dépouille du roi défunt, celui qui soumet les révoltés, il y avait… Mais sais-tu que les tambours ont un cœur ? Ceux qui étaient chez le roi avaient un cœur. Seuls celui qui l'avait fabriqué et celui qui le battait connaissaient ce qu'il y avait dans le ventre du tambour. Moi, je battais le tambour indamutsa ; je guettais la première blancheur de l'aube pour le battre et, à son grondement, toute la Cour s'éveillait et les portes de l'enclos s'ouvraient à tous ceux que le roi avait appelés à lui ; je guettais la dernière rougeur du soir pour saisir les baguettes et, aux premiers battements, tous ceux que le roi n'avait pas retenus pour sa veillée quittaient les cours du palais. De jour comme de nuit, le tambour montait la garde et donnait l'alarme en cas d'attaque des rebelles. Je ne te dirai pas quel était le cœur du tambour indamutsa, je peux seulement te dire son nom, car on fabriquait un tambour indamutsa à l'avènement de chaque roi du Rwanda : le tambour indamutsa du roi Musinga s'appelait Gatsindamikiko, retiens bien ce nom, c'est un grand honneur que je te fais en te le révélant, mais ce qu'était le cœur du tambour Gatsindamikiko, jamais je ne te le dirai : c'est le secret de son tambourinaire. »

James voulait se mettre à l'école du vieux Batsinda :
« Apprends-moi à battre comme toi le tambour, comme tu faisais chez le mwami.

— Mon petit, répondait le vieux tambourinaire, crois-tu que j'aie emporté le tambour avec moi ? Ils ont détruit tous les tambours, ils leur ont arraché le cœur. Peut-être que certains ont réussi à se cacher, dans les grottes, dans la forêt ? Ils n'ont pas encore appelé celui qui doit les retrouver.

— Moi, je les retrouverai, promettait James, mais en attendant, si je t'en apporte un, montre-moi la bonne manière de battre le tambour. »

James, dans la hutte où on remisait les tambours, avait découvert un petit tambour délaissé, un de ceux que l'on appelle ishakwe, qui donnent le ton que reprendra la batterie. Il profita du jour où les pères et tous les élèves montaient en procession à la Vierge qu'on avait juchée dans une cavité au flanc de la colline pour s'emparer du petit tambour. Il alla fièrement le montrer à Batsinda : « Bah ! dit celui-ci, il n'est pas bien beau ton tambour, mais, puisque je te vois plein d'ardeur et parce que je crois avoir reconnu en toi quelque chose d'un vrai mutimbo, on fera avec. » Il fallut retendre et relacer les lanières qui fixaient les membranes, et tailler les baguettes, imirishyo, en forme de spatules dans le bois d'un arbre appelé umuvugangoma, l'arbre-qui-fait-parler-le-tambour, que James eut bien du mal à découvrir. James était plus assidu aux leçons de Batsinda qu'à celles du moniteur. Il fit des progrès qui étonnèrent le vieux tambourinaire. Avant de mourir, celui-ci lui recommanda : « Garde bien tes baguettes avec toi, un jour, je l'ai vu, elles frapperont la peau d'un vrai tambour qui possède un cœur. »

James, sûr de son talent de tambourinaire, alla tenter sa chance à Kampala où tous les orchestres le refusèrent, il en fut réduit à mendier dans les rues et à laver pour quelques pièces les pare-brise des voitures des Blancs et des riches Ougandais. Il devait avoir dix-sept ans quand il réussit à gagner Nairobi où l'afflux de touristes offrait plus de possibilités qu'à Kampala. Il se produisit, avec quelques compagnons de misère et des instruments bricolés, dans les Dance Halls sordides des bidonvilles. Il finit par être remarqué par le manager d'un orchestre qui animait les soirées des night-clubs de quelques grands palaces de la capitale. Il fut engagé, non seulement pour son talent à la batterie, mais aussi à cause de son physique qui, selon le chef d'orchestre, aurait beaucoup de succès auprès des touristes fortunées en quête de sensations érotico-exotiques. Il ne se trompait pas : nombreuses furent les admiratrices de James, fascinées par son regard magnétique d'idole impassible et la puissance de ses épaules et de son torse nu qu'on aurait dit, sous le faisceau du projecteur, coulé dans le bronze. James collectionnait les bonnes fortunes d'un soir ou plus.

C'est ainsi qu'il fut remarqué par un metteur en scène qui s'apprêtait à tourner quelques scènes de son film dans les Aberdare Ranges. « Voilà celui qu'il nous faut », s'écria-t-il en voyant le buste imposant de James planant, tel un centaure, au-dessus des tambours, sous le soleil éclatant des cymbales. Le scénario du film était des plus convenus, suivant pas à pas le schéma des récits que les Anglo-Saxons nomment *lost race tales*, « récits des races perdues » : un explorateur, guidé par un grimoire kabbalistique, découvrait, au plus profond de la forêt vierge africaine, une cité fabuleuse gouvernée par une reine blanche, descendante de quelque lignée pharaonique ou grecque, aussi belle qu'intraitable et cruelle. Elle régnait avec une nonchalante perversité sur une population de négrilles non moins féroces mais en outre cannibales. James jouait le rôle muet du garde du corps de la souveraine, celle-ci faisant arracher la langue de tous ses serviteurs. On tourna quelques scènes où on lui fit battre un tambour africain, mais elles ne furent pas retenues au montage. L'explorateur et la reine blanche s'étaient sans doute aimés dans une vie antérieure, cependant James n'avait jamais bien compris la fin de l'histoire, cela d'ailleurs ne le préoccupait guère, il avait mieux à faire puisque l'actrice principale, celle qui jouait le rôle de la reine blanche, était tombée dans ses bras musculeux. James évoquait avec un enthousiasme nostalgique les nuits brûlantes du Treetops Hotel. À la fin du tournage, il fit partie des bagages de la star et la suivit en Amérique mais celle-ci, célèbre pour ses caprices amoureux, se lassa bientôt de son beau trophée africain qui restait au bord de la piscine de la villa de Beverly Hills sans oser s'y jeter.

Il avait erré de longs mois sur les routes qui menaient vers l'est, sachant que sa destination finale ne pouvait être que New York. Selon ses bonnes ou mauvaises fortunes, il faisait escale une nuit ou quelques jours, laissant derrière lui des maîtresses furieuses ou inconsolables. Il était enfin parvenu au cœur de l'été torride de New York. À Times Square, une nuit, écrasé de chaleur, il avait laissé tomber son dernier lambeau de chemise et, comme il prenait la pose du Penseur de Rodin, les lumières des enseignes géantes étaient venues jouer sur son imposante poitrine. Un touriste lui avait demandé la permission de le photographier. Il s'était redressé, bombant le torse, roulant des muscles et des fesses. Puis un autre avait braqué sur lui son appareil photo. Au cinquième, il avait dit : « Bon, maintenant, c'est cinq dollars. » Chaque nuit désormais, il se postait à la jonction de Broadway et de la Septième Avenue, « au centre du monde », pour exhiber son buste noir et luisant dont il faisait saillir les muscles avec ostentation. Le tarif des photos montait certains soirs jusqu'à trente dollars. Mais, l'hiver approchant, il pensait avec angoisse qu'il allait devenir difficile de subsister grâce à son torse nu.

C'est alors qu'il avait rencontré Livingstone et Baptiste. James ne se souvenait plus très bien des circonstances, mais c'était juste avant la première neige, un vrai conte de Noël! Il noyait dans un bar du Bronx sa nostalgie pour les tambours et racontait à des inconnus l'histoire des tambours, les authentiques, ceux du Rwanda, et, ce soir-là, les inconnus étaient justement Livingstone et Baptiste qui l'adoptèrent aussitôt comme garant de l'«africanité» de la troupe qu'ils allaient constituer.

Nos trois batteurs eurent le plus grand mal à accorder leurs tambours. Il était certes difficile de parvenir à une symbiose entre les sept rythmes du gwoka guadeloupéen et la tradition burru de la Jamaïque reprise par les tambourinaires rastas nyabinghi. Le plus réticent était James. Il affichait un mépris hautain, lui le tambourinaire mutimbo rwandais, envers les tambours caribéens qu'il qualifiait, terme injurieux dans sa bouche, de tam-tams : «Ils sont fabriqués dans des tonneaux ou des bidons et non, comme il se doit, dans un tronc d'arbre et pas n'importe lequel. Ce ne sont pas des "tambours fouillés" comme vous dites. Et puis un tambour, un vrai tambour, les mains ne le touchent pas, on le fait chanter avec des baguettes : c'est le respect qu'on lui doit. Et pour votre plus grande honte, vos tambours sont couverts de peau de chèvre, jamais mes mains ne toucheront le poil de cet animal impur et sans pudeur avec son cul en l'air!» On avait beau lui expliquer que les esclaves n'avaient pas le droit d'abattre des arbres et donc qu'ils se servaient de vieux tonneaux abandonnés, James ne démordait pas de ses préjugés, Leonard et Baptiste faillirent rompre avec lui, mais ils finirent par lui faire admettre que l'on devait aussi respect aux tambours des îles : c'était grâce à eux que les esclaves avaient pu résister, la nuit, dans l'épaisseur des cannes à sucre ou au profond des forêts des mornes, c'était leur mémoire de leur Mère-Afrique. James consentit enfin à les considérer comme de véritables tambours et même, quand il le fallait, à battre le gros tambour boula du gwoka.

Après d'interminables colloques et d'innombrables répétitions, on parvint à un compromis par lequel l'une et l'autre tradition musicale trouvaient leur place, sans trop se mélanger ni perdre la face. Quant à James, qui, malgré la grande considération qu'il professait désormais pour les tambours de ses compagnons, se refusait toujours à toucher une peau de chèvre, on lui confia le tambour *thunder*, le *bass drum* des tambours nyabinghi, la grosse caisse que l'on bat avec une mailloche.

Dès que tout fut prêt pour le premier concert, ils jurèrent que, lorsque leurs moyens financiers le leur permettraient, c'est-à-dire dès leur premier succès, ils partiraient pour l'Afrique, comme le voulait leur foi rastafari, retrouver l'Éthiopie originelle et les terres offertes par le Roi des rois où devaient couler le lait et le miel pour accueillir et consoler les pauvres descendants d'esclaves exilés à Babylone. James fit ajouter un avenant au pacte de fondation du groupe : si le but du pèlerinage restait bien l'Éthiopie, ils promirent aussi de faire étape au Rwanda où, il en était certain, les attendait le Tambour qui était la racine même de l'Afrique, un tambour avec un cœur qui était le cœur battant de leur Mère-Afrique. « C'est lui, conclut-il, qui donnera, à tous vos tambours des îles, leur voix authentique. » Il ajouta que, peut-être, ce serait là, chez lui, au Rwanda, que leur serait révélé qui était la véritable Nyabingui dont ils avaient imprudemment usurpé le nom. Les deux Caribéens reçurent avec respect, mais sans bien les comprendre, les paroles de James l'Africain et promirent solennellement devant le portrait du Roi des rois, noire incarnation de Dieu, en grand habit de sacre et couronné de la tiare de Salomon, d'accomplir le Grand Exode y compris son étape rwandaise.

Leur second disque, *Back to Ethiopia*, ayant obtenu un certain succès, ils estimèrent qu'il était temps d'accomplir leur serment. La caravane pour l'Éthiopie originelle comprenait, outre les trois tambourinaires pourvus d'une dizaine de tambours, un saxophoniste, une contrebasse, deux choristes et un technicien pour la sono, tous afro-américains recrutés à Harlem, et en voie de conversion à la foi rastafarienne en la divinité de Hailé Sélassié. Suivait la dernière maîtresse en date de James, une métisse jamaïcaine qu'il perdit ou abandonna, il ne savait plus trop si c'était à Brazzaville ou à Kinshasa.

Pedro Gonzales était le manager-metteur en scène - tourneur-intendant-trésorier-attaché de presse-agent en titre de la troupe. Il négocia et organisa au mieux la tournée dans les principales capitales africaines. Pedro était un Cubain réfugié qui avait débarqué comme tant d'autres, ballotté par un radeau de fortune, sur les côtes de Floride, mais avait vite abandonné Miami, trouvant ses compatriotes exilés là un peu trop réactionnaires et infiltrés par la CIA. Il avait préféré rallier New York. Il parlait l'espagnol, l'anglais, le français, le portugais, divers créoles caribéens et le yoruba-cubain. Il avait été en effet initié à la santeria mais ne dévoilait bien sûr à personne l'oricha – un des avatars de la déité suprême qui, elle, ne se souciait plus de l'humanité – que les tambours bata, selon les rites, lui avaient révélé comme divinité tutélaire. C'est sans doute pour cela qu'il méprisait un peu les tambours nyabinghi ou gwoka et vantait, sans trop y insister, les tambours bata consacrés au culte des orichas. Il avait fait serment comme les autres d'accompagner la troupe jusqu'au bout et de gérer au mieux la tournée (ce qu'il fit apparemment avec beaucoup d'habileté commerciale, comme il le ferait pour la carrière de Kitami), mais il était bien décidé à ne pas revenir en Amérique et à s'établir au Nigeria, à la recherche de ses racines, chez ses ancêtres yoruba, dans l'ancien royaume d'Oyo, à Ife où avait commencé le monde. En fait, fasciné, mieux vaudrait dire envoûté par Kitami qu'il assimilait à l'oricha Ochun, déesse des Femmes, elle-même confondue avec la Virgen de la Caridad del Cobre, patronne de Cuba, il suivit la chanteuse jusqu'au bout de sa carrière et sut préserver le groupe des nombreuses catastrophes financières dans lesquelles les extravagances de la chanteuse risquaient de l'entraîner. Il est possible qu'il ait de son côté exercé une certaine influence sur Kitami. Ce beau parleur polyglotte passait volontiers au cours de la conversation d'une langue à l'autre, ce que l'on retrouve dans les improvisations inspirées de la chanteuse. Des rumeurs couraient dans les communautés cubaines exilées sur l'initiation de Kitami à la santeria : Pedro y aurait été son parrain. Mais la réalité de cette initiation reste douteuse puisque, comme on le verra, Kitami se disait l'interprète d'un esprit africain, Nyabingui, esprit féminin de la mythique reine Kitami, laquelle ne pouvait guère cohabiter avec les orichas cubains. Mais on sait aussi que le syncrétisme afro-caribéen résout bien des contradictions.

Quel fut exactement l'itinéraire que suivirent nos tambourinaires dans leur périple africain, il est bien difficile de le savoir. Si on les interrogeait à ce sujet, ils se dérobaient dans un brouhaha de voix et de rires entremêlés. On saisissait au passage une litanie de toponymes en désordre, qui correspondaient sans doute aux étapes et peut-être aux concerts qu'ils auraient donnés : Poto-poto, Dakar, Bukavu, Bwiza, Kagarama, Ouagadougou, Matonge, Nyamata, Abidjan, Nyakabiga, Nairobi, Porto-Novo, Kicukiro, Entebbe et le Mpororo, au Rwanda, à la frontière de l'Ouganda, là où ils avaient découvert Kitami et le tambour... Et si vous insistiez : « Et l'Éthiopie alors ? Vous y êtes allés ? Vous n'y êtes pas restés ? — Bien sûr, on est allés à Shashemene, mais Hailé Sélassié n'a pas donné tout à fait la terre qu'on espérait, celle où coulent le lait et le miel... et puis, les rastas, là-bas, ils sont presque tous des Douze Tribus d'Israël, ils sont végétariens, ils voilent leurs femmes selon saint Paul, ce n'est pas notre genre, nous, on est des nyabinghi, on est pour la liberté de chacun... D'ailleurs, juraient-ils, nous ne sommes pas allés sur le continent noir pour nous y installer mais pour nous "réafricaniser" et recharger nos tambours de l'énergie originelle. »

Ils regrettaient tout de même de n'avoir pu séjourner plus longtemps dans la capitale, Addis-Abeba, « la nouvelle fleur », où se déchaînaient les chanteurs et les saxophones du Swinging Addis, mais, après des essais dans quelques night-clubs et des soirées privées chez des aristocrates de la Cour payées à prix d'or, ils constatèrent que leurs tambours s'accordaient mal avec les fanfares détournées du nouveau jazz éthiopien.

En fait, il existe peut-être une autre raison à

leur départ précipité : un journal du Kenya rapporte en effet que, ayant assisté dans l'église 'Iyasus à un long office de la liturgie orthodoxe éthiopienne, ils voulurent coûte que coûte se procurer un des tambours kabaro qui rythmaient les chants : la corruption ayant échoué, ils se livrèrent à une tentative de cambriolage à la suite de laquelle ils durent quitter clandestinement et au plus vite l'Éthiopie.

Sans doute épuisés par cet interminable périple ou pour des raisons d'incompatibilité d'humeur, les choristes les avaient abandonnés dès Nairobi, et le saxophoniste et la contrebasse à Addis-Abeba. Il ne restait donc, à la fin de leur tournée, que les trois tambourinaires et le toujours fidèle Pedro, l'homme de toutes les ressources, à qui était venu s'ajouter Mickaël, un Éthiopien du Tigré, un des chauffeurs de la caravane mais qui agitait aussi, lors des concerts, un sistre liturgique. Enfin, au bout de leur pèlerinage, en plus d'un tambour sacré, ils trouvèrent ce qu'ils n'étaient pas venus chercher : une chanteuse inspirée par on ne sait quel esprit sorti des entrailles de l'Afrique qui les avait tous envoûtés.

Le récit que la troupe faisait de son voyage de retour comportait une succession d'épisodes rocambolesques et pour le moins romancés. Kitami elle-même prétendait avoir passé une frontière, on ne sait si c'était celle du Burundi ou du Zaïre, cachée sous le tambour sacré qu'elle avait réussi à obtenir de ses gardiens. Elle prononçait à ce sujet une de ces sentences mystérieuses dont elle était coutumière : «J'ai vu ce que nul n'a le droit de voir : le cœur du tambour. Il m'a accueillie. En moi, bat aussi désormais le cœur du tambour.» Pedro, lui, aimait raconter comment il avait pu se procurer les papiers et visas nécessaires pour que Kitami puisse entrer aux États-Unis. Il riait des valises de zaïres qu'il lui avait fallu remplir, inflation aidant, pour payer les vrais faux papiers que lui revendaient secrétaires, plantons et femmes de ménage de l'ambassade américaine. Fasciné par Kitami, il en avait oublié ses racines yoruba et son projet de s'établir dans la mythique cité d'Ife de ses ancêtres.

Kitami et les tambourinaires passèrent toute une année dans un ancien entrepôt loué dans le Bronx pour préparer la sortie de leur premier album 33 tours. Ils mirent au point et répétèrent sans se lasser leur future prestation sur scène. Mais les improvisations de Kitami bousculaient le plus souvent le scénario qu'ils avaient prévu et ils durent se résoudre, malgré tout, à répondre aux défis que leur lançait son Chant imprévisible. Pedro, de son côté, s'était lancé dans une intense campagne de promotion, annonçant à la presse, aux radios, aux télévisions qu'une authentique princesse africaine et véritable prophétesse allait faire une apparition fracassante dans la jungle du disque et de la scène. Il avait trouvé le soutien financier d'intellectuels et surtout de riches hommes d'affaires noirs. Il leur avait présenté Kitami qui leur avait fait grosse impression, les uns parce qu'ils l'avaient identifiée à l'Afrique perdue depuis tant de générations et toujours rêvée dans une nostalgie impuissante, les autres parce qu'ils avaient pressenti en elle on ne savait quel pouvoir magique qui porterait chance à leurs entreprises. Si Kitami repoussait les avances trop pressantes de ses sponsors, elle les remerciait de leur soutien financier par quelques acomptes sur son futur répertoire.

Les apôtres de Kitami lui firent découvrir les mystères de New York : Harlem, le Bronx, le Queens... Ils poussèrent même jusqu'à la pointe de Manhattan, jusqu'à Greenwich Village où quelques clubs de jazz les invitèrent à se produire et leur permirent ainsi de mettre au point le concert devant un public averti. Kitami ne s'étonnait de rien, ni des gratte-ciel, ni de l'inextricable circulation, ni des taxis jaunes, ni du métro, ni du fourmillement humain bigarré qui s'agitait sans qu'on en comprenne le sens. Elle s'indignait de l'obésité, à ses yeux monstrueuse, de certaines femmes noires américaines. Elle en refusait de manger, fuyant les portions gargantuesques qu'on prétendait lui faire ingurgiter au Jerry's Brooklyn Grill. Livingstone maudissait la Babylone où les pauvres Noirs avaient été exilés et il se demandait si la Mère-Afrique ne les avait pas elle aussi rejetés à jamais. Il ne restait que le tambour qui rythmait sur les bords de l'Hudson ou de l'East River la complainte du psaume 137 : « Sur les rives du fleuve de Babylone, nous étions assis et nous pleurions… »

> *By the rivers of Babylon*
> *There we sat down*
> *Ye-eah we wept*
> *When we remembered Zion…*

Kitami, quant à elle, déclarait que New York était devenu sa colline et le Bronx sa bananeraie, elle n'avait qu'une seule peur, celle des escaliers roulants, « car, disait-elle, si je suis prise de vertige, ils vont me broyer dans leurs mâchoires de fer ». Elle observait longuement le déroulement des marches métalliques avant de s'y lancer au moment qu'elle jugeait opportun, provoquant derrière elle bousculade et protestations.

Pourtant la situation du groupe restait précaire. Ils étaient surveillés de près par la police de New York et le FBI qui les soupçonnaient d'avoir des liens avec les Black Panthers. L'entrepôt fit l'objet de plusieurs fouilles. Les agents du FBI mirent la main sur quelques traces de cannabis, mais ce n'était pas ce qui les intéressait et ils furent déçus de ne rien trouver qui pût prouver une affiliation quelconque avec l'organisation qu'Edgar Hoover avait dénoncée « comme la menace la plus sérieuse pour la sécurité du pays ». Il semble que le groupe ait alors résolu, dès qu'il en aurait la possibilité, de quitter les États-Unis.

Nous ne retracerons pas ici la carrière aussi fulgurante que brève de Kitami. L'album *Kitami's Chant* obtint le succès mondial que l'on sait. Malgré leur ferme résolution de ne pas y résider, Kitami et sa troupe effectuèrent aux États-Unis une tournée triomphale qui s'acheva au Shea Stadium dans le Queens devant plus de 50 000 spectateurs. Ils se lancèrent ensuite dans un interminable périple sans port d'attache.

Les foules se bousculaient à ses concerts, mais était-ce encore des concerts ou plutôt des cérémonies rituelles par lesquelles les spectateurs attendaient d'être transportés, ne serait-ce que quelques instants, dans un état second ? D'ailleurs un certain nombre venaient non seulement pour l'entendre mais pour la toucher, ce qui n'allait pas sans perturber ses récitals et rendait périlleux le moindre de ses déplacements. Quelques-uns lui attribuaient en effet une puissance de thaumaturge, talisman vivant qui, si on pouvait au moins l'effleurer, dispensait chance, succès, fortune et santé. Ses dévots se pressaient autour d'elle, au risque de l'étouffer pour s'imprégner, disaient-ils, des effluves bénéfiques qui émanaient de son corps. On l'a souvent critiquée pour n'avoir jamais catégoriquement démenti cette réputation qui faisait d'elle une guérisseuse vénérée par les uns, moquée par les autres. Quand, dans ses rares interviews, on lui posait une question à ce sujet, elle répondait, de façon ambiguë, que, si des rumeurs de guérisons prétendues miraculeuses couraient à son sujet, celles-ci ne pouvaient en aucun cas lui être imputées et que si, en fin de compte, elles étaient avérées – ce qui, d'ailleurs, restait à prouver –, il fallait s'en prendre à son Chant dont elle n'était nullement responsable puisqu'il lui était accordé sans le moindre mérite de sa part.

Kitami et ses tambours étaient-ils devenus une secte ? L'accusation fit les gros titres d'une certaine presse à sensation dans les pays anglo-saxons et surtout en France. La tournée dans les principales villes de ce dernier pays fit l'objet d'une intense polémique. Le spectacle que le groupe donna à Paris, au palais des sports, suscita un énorme scandale. Les spectateurs, composés en majorité d'Antillais et d'Africains, se ruèrent sur la scène afin de toucher Kitami, allant même jusqu'à arracher des lambeaux du pagne lamé d'or dans lequel elle était drapée afin, semble-t-il, d'en faire des gris-gris qui, selon les articles malveillants de journaux qui ne dissimulaient plus leur racisme, remplaceraient préservatifs ou pilules contraceptives. Les tambourinaires et le service d'ordre eurent toutes les peines du monde à dégager Kitami, déjà à moitié dénudée. L'ordre des médecins porta plainte pour exercice illégal de la médecine. Les agents de la brigade des stupéfiants vinrent perquisitionner dans les chambres de l'hôtel où la troupe était descendue, fouillèrent à nouveau les bagages comme ils l'avaient fait à la douane de l'aéroport, à la recherche de cannabis. Des dénonciations anonymes les avaient persuadés que le groupe ravitaillait en ganja les conventicules rastas. Quand, dans la chambre contiguë à celle de Kitami où il avait été déposé, les policiers voulurent sonder le tambour Ruguina en en enlevant la peau, Kitami entra dans une telle fureur, prête à se jeter du haut du balcon, qu'ils battirent en retraite, suivant les ordres de la Préfecture qui craignait que le moindre incident ne suffise à déclencher des émeutes dans certaines banlieues promptes à s'enflammer. Une association de lutte contre les dérives sectaires demanda au Parlement de nommer une commission d'enquête, demande qui évidemment n'eut pas le temps d'aboutir.

Le groupe passa précipitamment en Angleterre. À Londres, à Notting Hill, ils furent accueillis par une foule de Caribéens en délire qui les hissa sur l'un de ces semi-remorques équipés d'un *sound system* qui défilent lors du célèbre carnaval. Le camion, tambour battant, suivit les cinq kilomètres du parcours traditionnel de la parade annuelle sous les acclamations d'une foule en liesse. Le concert au stade de Wembley fut un triomphe. La tournée se poursuivit en Allemagne et dans les pays nordiques, toujours avec le même succès. L'année suivante, ce fut l'Amérique du Sud : ils s'attardèrent plusieurs mois à Salvador de Bahia, peut-être attirés par les rites du candomblé. Ils auraient fréquenté assidûment une maison du culte, un *terreiro*, et auraient financé les cérémonies au cours desquelles les esprits s'emparent des initiés. James et Baptiste y auraient battu, à l'invitation de leurs confrères brésiliens, les tambours rituels atabaque. Cela ne semble pas avoir concerné Kitami malgré la rumeur qui courait parmi les adeptes du candomblé que Yemayà, la déesse de l'Océan, s'était incarnée dans la célèbre chanteuse. Mais Nyabingui était apparemment un esprit jaloux qui ne supportait pas la concurrence et encore moins le partage. Pourtant, après le séjour à Bahia, certains spécialistes auraient reconnu, dans le Chant de Kitami, quelques mots de kibundu, langue de l'Angola employée dans les cérémonies du candomblé. Elle aurait aussi apprécié le son puissant et grave du tambour atabaque et sa membrane en peau de bœuf, même si elle regrettait qu'il soit bâti, comme un tonneau, de lattes de bois cerclées de fer. Le groupe aurait peut-être choisi d'établir son camp de base à Bahia, mais la dictature militaire les contraignit à quitter le Brésil et à reprendre leur interminable errance.

Kitami était-elle la madone des rastas, compagne du dieu Jah, comme quelques-uns l'ont qualifiée ? Il semble que l'apothéose ait été trop hâtivement célébrée. La chanteuse en effet n'adhérait à aucun des articles de foi de la religion rastafarienne, et d'abord au premier d'entre eux, la divinité noire incarnée en la personne de Hailé Sélassié. Elle se moquait de l'empereur d'Éthiopie qu'elle disait avoir vu lors de sa visite officielle à Kigali. Lorsqu'un dévot rasta lui demandait si elle croyait en la divinité de Sa Majesté impériale – HIM, pour *His Imperial Majesty* et homonyme de *him*, « lui » –, elle répliquait en riant : « Le Roi des rois, celui que j'ai vu, à Kigali, c'est un tout petit homme, même pas très noir, sous un képi trop grand pour lui. » Elle n'hésitait pas à blasphémer Jah quand on lui demandait pourquoi, dans son Chant, elle ne prononçait jamais le nom divin : « Votre Jah, répondait-elle, ce n'est qu'un petit morceau de Jéhovah, le dieu des Blancs. Vous adorez un petit bout du dieu des Blancs. » Le Grand Exode vers l'Éthiopie originelle auquel aspiraient les rastas la mettait hors d'elle : « L'Éthiopie, s'emportait-elle, c'est là qu'on voudrait déporter les Tutsi. Vous autres, à la Jamaïque, vous voulez être éthiopiens, nous autres, les Tutsi, les Blancs ont décidé pour nous que nous étions éthiopiens, certains les ont crus et ce fut pour notre malheur : parce qu'on nous a déclarés éthiopiens, nos frères, des Rwandais comme nous, nous ont massacrés, et les rescapés errent de par le monde, bannis de leur seule patrie. Mon Chant est celui de l'exil. Ne le comprenez-vous pas ? Je sais qu'un jour nous reviendrons chez nous, au Rwanda, mais je ne sais pourquoi ce jour qui devrait être un jour de joie, ce jour me remplit de terreur et je dis en tremblant : que ce jour vienne, mais que je ne le voie pas. »

Kitami ne suivait bien sûr aucune des règles de vie, des interdits plus ou moins adaptés de la Bible, la « livity », que la secte rasta des Douze Tribus d'Israël prétendait imposer à ses adeptes. Elle avait en cela l'approbation de ses compagnons tambourinaires, du moins de James et de Baptiste qui, peut-être sous son influence, s'étaient éloignés de la foi rastafarienne. Seul Livingstone se proclamait encore rasta pur et dur mais, se réclamant de l'ordre de Nyabinghi, il ne voulait, lui-même, se soumettre à aucune règle, à aucune loi, chacun devant suivre l'inspiration que lui soufflait l'esprit de Jah comme le fait le vrai tambourinaire qui improvise derrière son tambour.

Kitami et son groupe furent constamment accusés d'être de dangereux propagateurs du cannabis. On les soupçonna même de servir de mules à de puissants gangs de narcotrafiquants. Cette réputation leur valut de nombreux ennuis au cours de leurs tournées, mais jamais aucune preuve ne fut apportée de leur éventuelle connexion avec un réseau de trafiquants de drogue. Livingstone ne cachait pas qu'il fumait de la marijuana, mais il affirmait que c'était une pratique rituelle des rastas, qu'on ne pouvait fumer l'herbe sacrée que dans les lieux saints que les rastamen appelaient tabernacles, et uniquement au cours de cérémonials où l'usage de la ganja et des chalices était strictement réglementé et surveillé par les Elders, les Anciens. La ganja, n'était-ce pas l'herbe sacrée qui était apparue sur le tombeau de Salomon ? « D'ailleurs, argumentait Livingstone, les offices catholiques sont eux aussi tout enfumés de nuages d'encens et les premiers cadeaux, à ce qu'on raconte, qu'a reçus l'enfant Jésus de la part des rois d'Orient, n'était-ce pas l'encens et la myrrhe ? Vous allez me dire que c'étaient de simples aromates ! La ganja que nous, les rastas, nous fumons dans nos chalices rend nos esprits plus libres, plus légers, plus déliés que les volutes de la fumée qui s'en échappe. Elle nous transporte hors de Babylone. » Les autres membres du groupe semblaient plus circonspects quant aux vertus mystiques de la marijuana et, à mesure que s'affaiblit l'influence de Livingstone, chacun retourna à son addiction originelle : le rhum pour Baptiste, la bière pour James. Kitami, pour sa part, semble avoir pratiqué avant son entrée en scène quelques mystérieuses fumigations, mais nul n'a jamais su quelles feuilles se consumaient dans la coupelle sur laquelle se penchait la chanteuse.

La vie sentimentale de Kitami ou, pour parler plus crûment, ses mœurs sexuelles firent l'objet de controverses et souvent de scandales. Beaucoup considéraient que les trois tambourinaires étaient ses amants permanents, Pedro assurant l'intérim. Ce ménage polyandrique, mais était-il bien réel ?, suscita l'intérêt de certains anthropologues qui, avec le plus grand sérieux et à renfort d'articles publiés dans des revues savantes, y virent la volonté délibérée de Kitami de restaurer le matriarcat qu'ils postulaient aux origines des sociétés africaines. C'était, démontraient-ils, un défi que Kitami lançait à tous les patriarcats monogames ou polygames. D'autres au contraire la disaient lesbienne. Ils s'appuyaient sur le fait que, dès que l'argent entra à flots, jusqu'à déborder, dans la caisse du groupe, Kitami s'entoura de jeunes filles, pour la plupart réfugiées rwandaises comme elle. Elle assurait que c'était pour leur venir en aide et les préserver des mauvaises aventures qui les guettaient chez les Blancs sans scrupule, toujours prêts à se jeter sur elles comme le léopard sur de pauvres gazelles sans défense. On rapportait aussi que Kitami accueillait chaque nuit l'une d'elles dans son lit. Kitami s'étonnait que cela puisse faire scandale : « Je ne fais, disait-elle, que suivre la coutume rwandaise : chez nous, avant son mariage, une jeune fille ne doit pas dormir seule. Avec elle, il y a toujours une petite sœur, une nièce et, s'il le faut, on ira demander une de ses filles à la voisine comme compagne de nuit. Il suffit qu'elle aime à bavarder, à plaisanter, à raconter et à écouter des histoires jusqu'à ce que toutes les deux tombent de sommeil. Mes petites protégées voudraient toutes dormir à mes côtés et puis, ajoutait-elle, sans doute avec une pointe d'ironie, il faut bien qu'une reine soit entourée de ses suivantes, c'est un grand honneur pour mes filles d'être la suivante de la reine Kitami et de dormir à ses côtés. »

Quelques mois avant sa mort tragique, elle faisait monter sur la scène l'une de ses «suivantes», sans doute la «favorite», qui se mêlait en duo à ses improvisations. Si on l'interrogeait au sujet de cette jeune fille, elle répondait : « C'est elle, Maximilla, qui a été choisie. Elle reprendra le Chant quand il me sera enlevé ou quand je ne serai plus là. Elle, je l'ai vue, elle le chantera au Rwanda. Mais ce jour qui aurait pu être un jour de joie sera aussi un jour de deuil. Que ce jour vienne, mais que je ne le voie pas ! »

Il y en avait enfin pour soutenir que Kitami se refusait à toutes relations sexuelles car l'esprit dont elle se disait possédée lui faisait obligation de garder sa virginité en tant que vestale du tambour. C'était en effet un véritable culte qu'elle rendait à Ruguina. Elle passait de longues heures, seule, accroupie à ses pieds et même, prétendaient certains, elle restait des nuits entières allongée sous la caisse : « J'ai besoin, aurait-elle déclaré, d'écouter le cœur du tambour : il faut bien que je recharge mon inspiration. » Chaque jour, elle l'aspergeait de parfums, l'oignait d'un baume dont la composition lui avait été révélée au Rwanda, sous le sceau du secret, par le gardien du tambour. Durant les tournées, dans les palaces où descendait la troupe, Ruguina était logé dans la suite réservée à la chanteuse. Ce qui n'allait pas sans causer l'effarement et surtout l'affolement de la direction de l'hôtel, car il y avait rarement d'ascenseur assez spacieux pour contenir le tambour. Porté par la moitié du personnel, Ruguina, drapé dans sa housse, gravissait solennellement le grand escalier sous les recommandations pressantes et inquiètes de Kitami. Elle jurait pour rassurer clients et manager que le tambour ne serait pas battu à l'intérieur de l'établissement.

Ruguina, le Rouge, suscita lui aussi controverses et scandales. Il devait son nom, au dire de Kitami elle-même, aux larges taches rouge brunâtre qui couvraient une bonne partie du laçage de la caisse. Beaucoup crurent y reconnaître des traces de sang séché. Selon la rumeur, Kitami aurait sacrifié à son tambour, comme à une idole, de nombreux animaux : poulets, pigeons, cabris et même des taurillons. Elle serait tombée sous l'influence des pratiques du vaudou haïtien ou de la santeria cubaine, lesquelles l'emportaient désormais à l'intérieur du groupe sur l'orthodoxie rasta dont Livingstone était le dernier défenseur. Des légendes se développèrent à partir de ces traînées brunes aperçues sur les flancs du tambour. Certains allèrent jusqu'à imaginer qu'au temps de la mystérieuse reine Kitami, dont on ne savait strictement rien et dont les historiens sérieux mettaient en doute l'existence, des sacrifices humains auraient été offerts au Tambour. Plus précisément, le tambour aurait été l'instrument même du meurtre rituel, la victime, une jeune vierge, étant écrasée sous la caisse de l'instrument. Des scénaristes rivalisèrent pour présenter aux producteurs ou aux metteurs en scène le synopsis d'un film d'horreur promis à un évident succès et qui aurait pu avoir pour titre «Le Tambour sanglant». Pedro, qui était aussi expert en arguties et recours juridiques, réussit à contrecarrer et à stopper ces ardeurs morbides. Mais il est certain que, lorsque Ruguina, le Rouge, faisait son entrée sur scène, un frisson de terreur sacrée parcourait les spectateurs.

On sait que, deux ans avant sa mort mystérieuse, Kitami s'était retirée dans une ancienne plantation, qu'elle avait acquise dans l'île de Montserrat, à l'orée de la forêt tropicale, face au volcan endormi de la Soufrière. Elle avait fait de la maison de maître sa résidence, elle y cohabitait à l'étage avec l'essaim de jeunes filles qu'elle appelait ses suivantes et ses deux sœurs cadettes qu'elle avait réussi à faire sortir du Rwanda en corrompant, selon la coutume, quelques hauts personnages. C'était un vaste bâtiment rectangulaire de deux étages, dans le style georgien en vogue dans les territoires anglais d'Amérique au XVIIIe siècle, particulièrement remarquable par le péristyle aux quatre majestueuses colonnes blanches surmontées d'un fronton à la grecque qui abritait l'entrée principale. Deux ailes symétriques d'un seul étage accueillaient les appartements des membres permanents de la troupe. Dans le vaste parc qui, au temps de l'esclavage, correspondait aux champs où l'on cultivait la canne à sucre, les anciens bâtiments industriels, sucrerie, distillerie, avaient été restaurés et transformés en salles de spectacle. Le cône tronqué du moulin à sucre qui avait depuis longtemps perdu ses ailes abritait le tambour Ruguina. Il avait été couvert d'un toit de chaume. Des bungalows et une table d'hôte de luxe étaient réservés à quelques invités privilégiés lors des concerts mais aussi, prétendaient certains, à ceux qui avaient obtenu de Kitami des consultations privées sur des sujets aussi variés que la santé, les affaires, les amours, la maternité, la réussite pour des postes importants en politique.

Kitami avait renoncé aux tournées et ne se produisait que dans son domaine, devant une assistance choisie qui avait réservé, au prix fort, ses places de nombreux mois à l'avance. Les concerts avaient lieu, pendant la saison sèche, dans le parc, où avait été aménagé un amphithéâtre de verdure. Pendant l'hivernage, c'était dans l'ancienne sucrerie : la maçonnerie dans laquelle étaient encastrées les chaudières où l'on raffinait peu à peu le jus des cannes avait servi de base pour la scène. Le spectacle se déroulait selon une liturgie immuable. Les tambours de la Guadeloupe et de la Jamaïque étaient rangés en arc de cercle. Parfois des tambourinaires venus de toutes les Caraïbes ou d'Afrique étaient invités à se joindre au groupe. Un roulement de tambour général annonçait l'entrée en scène des trois premiers disciples de Kitami, Leonard

Marcus Livingstone, Baptiste Magloire, James Rwatangabo. Un nouveau battement de tambour saluait l'arrivée du grand tambour Ruguina porté par six vigoureux jeunes gens sur une sorte de palanquin, suivi de Mickaël l'Éthiopien qu'ils avaient intégré au groupe lors du périple africain et qui faisait crisser son sistre liturgique, et des suivantes qui agitaient des chachas. On déposait le tambour avec précaution. Quatre jeunes filles, parmi les suivantes, allaient s'agenouiller au pied de son fût pour le maintenir droit. Mickaël aimait les comparer aux chérubins de l'arche d'alliance qui, selon la tradition éthiopienne, serait conservée, dans un lieu secret, à Axoum. James abandonnait un instant son *bass drum* et allait frapper Ruguina pour accueillir sur scène Kitami qui, après avoir enlacé le grand tambour, se laissait entraîner dans sa transe musicale.

L'achat par Kitami et son groupe d'une ancienne plantation esclavagiste déchaîna chez les détracteurs habituels de la chanteuse – et ils étaient de plus en plus nombreux – sarcasmes et indignation. On taxa le domaine de Bayreuth des tam-tams, de Lourdes de la sorcellerie, de Vatican de l'animisme. On dénonça la mégalomanie croissante de celle qui semblait se prendre pour la réincarnation d'une reine dont l'existence historique était plus que douteuse. C'était une véritable petite cour qui gravitait autour de la chanteuse : jeunes gens et jeunes filles employés à des fonctions imprécises, artistes invités, admirateurs de tous les continents, dévots qui se bousculaient à chacune de ses apparitions pour tenter de la toucher ou au moins de l'effleurer, mécènes reçus avec tous les égards par le manager par lequel il fallait passer pour obtenir des audiences privées.

On s'est beaucoup interrogé sur les raisons qui ont poussé Kitami et son groupe à s'installer dans cette petite île, peuplée à l'origine par des Irlandais chassés des îles voisines de Saint-Christophe-et-Niévès pour leur attachement à la religion catholique, mais qui, comme les autres îles des Antilles, avait connu l'esclavage. Avait-elle été poussée à cette acquisition par Livingstone, le Jamaïcain, et Baptiste, le Guadeloupéen, qui voyaient, dans l'achat d'une ancienne plantation, de celles qu'on appelait dans les Antilles françaises des « habitations », la revanche qu'ils devaient à leurs ancêtres, les tambours marrons battant dans la sucrerie du maître ? S'ajoutait peut-être pour Baptiste la proximité de son île natale, Kitami ayant refusé de s'établir dans un territoire français. D'autres, plus romantiques, prétendaient que Kitami, telles les antiques sibylles qui hantaient les terres convulsées par les séismes et les éruptions, avait été attirée par la Soufrière, le volcan, pour l'instant apaisé mais dont les vulcanologues prédisaient un possible réveil dévastateur. Ce n'était bien sûr qu'une des innombrables légendes qui semblaient sans cesse s'attacher aux faits et gestes de la chanteuse, l'enveloppant d'un halo de mystères.

Il semble qu'une fois Kitami recluse dans son domaine, le Chant soit devenu de plus en plus sombre. L'euphorie des mots libérés de leur langue maternelle et qui renaissaient en des collisions imprévues dans le Chant unique et éphémère se changeait à présent en l'interminable déploration d'un désastre à venir qu'elle se savait impuissante à conjurer. Quand on lui demandait de préciser ce qu'elle redoutait, elle répondait : « À quoi bon ! Mon Chant est vain et je ne sais si ma mort elle-même pourrait contrecarrer le mauvais destin. »

Il est vrai que, dans les derniers temps, des dissensions se firent jour à l'intérieur du groupe. Les trahisons se multipliaient. Maximilla, la favorite et dauphine désignée, était devenue la maîtresse de James, ce que Kitami considérait comme un adultère envers Ruguina : aussi, pour marquer sa colère et sa désapprobation, avait-elle interdit à celui-ci d'approcher le tambour. Maximilla avait aussi des exigences : elle avait demandé qu'on introduise une batterie de jazz et des guitares électriques ; elle voulait surtout interpréter ses propres compositions. Kitami s'y opposait farouchement, le Chant ne pouvait être qu'une improvisation inspirée par les esprits de Nyabingui et de Kitami dont Ruguina était le réceptacle : ses manifestations ne pouvaient en aucun cas être confondues avec le répertoire d'une chanteuse. Maximilla rompit avec Kitami et entama sa propre carrière de chanteuse soul. Si James lui resta en fin de compte fidèle, Livingstone, considérant que le groupe s'était éloigné de la foi rasta, retourna en Jamaïque pour se joindre à l'un de ceux qui pratiquaient un nouveau genre musical qu'on appelait le reggae et dont un certain Bob Marley était en passe de devenir le prophète à succès. Livingstone, le nyabinghi libertaire, dut se soumettre à la livity puritaine des Douze Tribus d'Israël. Pedro trépignait d'impatience, réclamait à cor et à cri de partir en tournée et présentait chaque jour un nouveau projet de mise en scène ou les plans d'un studio d'enregistrement pourvu des équipements dernier cri : Kitami refusait obstinément tous ces beaux projets. En désespoir de cause, il offrait à Ochun, alias Notre-Dame du Cuivre, des hécatombes de poules noires et de cabris, pensant ainsi fléchir l'intraitable Kitami qu'il soupçonnait toujours d'être, de près ou de loin, un avatar de l'oricha cubaine. Baptiste restait fidèle : il avait repoussé, à force de rhum, la tentation de déserter le groupe pour rejoindre son île natale dont il pouvait quelquefois apercevoir, de la pointe sud de Montserrat, l'autre Soufrière. Après quelques escapades à Pointe-à-Pitre et à Basse-Terre, Baptiste en avait conclu que, devenu célébrissime vedette internationale, il ne pourrait jamais plus se contenter de n'être qu'un batteur de gwoka lors des lèwoz du samedi soir, et joueur de dominos et buveur de Damoiseau le reste de la semaine. « Et puis, ajoutait-il, on aurait bien fini par me demander :

"Et toi, Baptiste, où étais-tu en 67, tu menais la belle vie quand ça chauffait à Pointe-à-Pitre, quand ça tirait sur les nègres, quand ça tabassait sur les foncés?" Et, moi, qu'est-ce que j'aurais à répondre? Est-ce que je sais où j'étais en 67, au mois de mai : à New York? à Berlin? à Rio de Janeiro? Non, je n'étais pas là où j'aurais dû être en 67 avec les autres nèg'. Alors qu'est-ce que je vais leur répondre?»

Après la mort de Kitami, le groupe se dispersa, chacun de ses membres s'essayant, avec plus ou moins de succès, à une carrière solitaire. Pedro obtint la tutelle des sœurs de la chanteuse et, semble-t-il, gère avec habileté la fortune qui leur a été laissée. Ruguina, malgré les scellés qui jetaient sur lui l'interdit de la «pièce à conviction», fut racheté par le musée bruxellois de Tervuren, dit aussi «musée royal de l'Afrique centrale». Il est à présent enfoui, dans l'oubli des réserves, entre une statue hérissée de clous et de lames de couteau étiquetée «art congo, statue magique» et un masque aux grands yeux de chouette «art luba, Congo central».

Les causes de la mort de Kitami ne sont toujours pas élucidées. L'enquête, nous assure-t-on, continue. Accident, suicide, assassinat? L'énigme, digne d'un roman policier à l'ancienne, semble surtout attirer des détectives autoproclamés et des romanciers en mal d'inspiration.

Nyabingui

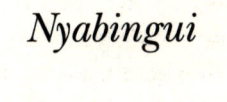

À la tombée du soir, j'allais, comme le font toutes les petites filles de la colline, chercher de l'eau au lac. C'est, parmi beaucoup d'autres, l'une des tâches des petites filles mais à celle-ci, aucune, même les écolières, ne peut échapper. Les mères de famille ont tant d'autres choses à faire, et, surtout, il serait déshonorant pour elles d'aller elles-mêmes chercher de l'eau : à quoi serviraient les enfants, je veux dire les filles, si elles n'allaient pas chercher de l'eau ?

Le lac était bordé de grands marais couverts de papyrus. Un sentier, toujours à sec, qui faisait une trouée à travers l'impénétrable papyraie nous permettait d'accéder à une petite plage au bord du lac. Nous pressions le pas sur ce sentier encaissé entre les hautes tiges et les panaches des papyrus dont les frémissements imprévus nous remplissaient d'inquiétude. Ce qui nous causait tant d'appréhension à traverser le marais, ce n'étaient pas les hippopotames qui ne sortent du lac qu'au crépuscule à cause de leur peau plus fragile que celle des Blancs, ce n'étaient pas non plus les crocodiles qui ne s'y aventurent jamais, ce n'était pas bien sûr la petite antilope peureuse qui y a trouvé refuge, non, c'était Nyabingui, une très vieille femme qui avait sa hutte, plus misérable que celle des Batwa, au début du sentier, à l'orée du marais, cachée derrière un rideau de papyrus. Elle était vêtue, comme les Rwandaises d'autrefois, d'une tunique faite d'étoffe d'écorce de ficus que la boue du marais avait teinte en gris et que zébraient des rayures noires. Elle marchait toute voûtée mais, quand par malheur nous la croisions – ce qu'il fallait à tout prix éviter – et qu'elle levait pour nous regarder son visage décharné, nous ne pouvions supporter l'éclat de son regard qui, si nous le soutenions, risquait, nous semblait-il, de nous pétrifier comme l'éblouissement mortel de la foudre, ou pire encore de nous transformer en lézard.

« Surtout, avaient dit les parents, ne vous approchez pas de Nyabingui, ne lui adressez pas la parole ; si elle s'approche de vous, faites comme si vous ne l'aviez pas vue, fuyez, fuyez, qu'elle ne jette pas un regard sur vous, ni sur vos calebasses car, alors, votre eau se mettrait à grouiller de crapauds. C'est une sorcière, n'écoutez pas ce qu'elle dit, ce n'est pas à vous qu'elle s'adresse, elle parle toute seule, très haut, très fort, elle parle aux papyrus, elle parle aux esprits du marais, elle parle au diable ! Surtout ne croisez jamais son regard. »

Et c'était bien vrai que Nyabingui parlait très haut, très fort, et parfois, sans la voir, nous entendions sa voix ou l'écho de sa voix qui sortait d'entre les papyrus comme si c'était la voix même du marais et, si nous ne comprenions pas ce qu'elle disait, je savais bien, moi, que c'était à nous, les petites filles, qu'elle s'adressait, comme si elle voulait nous entraîner avec elle dans la boue noire du marais et, comme les parents nous l'avaient recommandé, nous ne voulions rien entendre et nous nous mettions à courir, à courir, au risque de renverser nos calebasses, pour échapper à cette voix sortie des profondeurs du marais et qui nous poursuivait…

C'est au lycée que j'ai su que j'avais été à la maison «une petite fille solitaire et rêveuse». Une petite fille solitaire et rêveuse, cela n'existe pas au Rwanda. Je me demande même si les mots «solitaire et rêveuse», surtout pour qualifier une petite fille, existent bien en kinyarwanda. C'est dans la bibliothèque du lycée ou dans celle du centre culturel français et plus encore dans les romans que je me procurais auprès des revendeurs de livres du marché que j'ai découvert à quelle catégorie de petites filles inconnues au Rwanda j'appartenais : celle des petites filles solitaires et rêveuses. J'en avais toutes les caractéristiques : malgré les reproches incessants de ma mère, les disputes avec ma grande sœur, je profitais du moindre relâchement dans l'enchaînement des tâches ménagères pour tenter une brève fugue à la recherche d'un «coin tranquille». Un «coin tranquille», encore une chose qui n'existe pas au Rwanda. Où que vous alliez, vous n'échapperez jamais à la fourmilière humaine qui s'agite sur les mille collines du Rwanda : sous la voûte épaisse de la bananeraie, sur la crête rocailleuse où personne ne cultive plus, à l'abri du reboisement d'eucalyptus, sur la rive incertaine du marais, il y aura toujours quelqu'un pour vous tirer de vos songes : un petit berger et sa vache, des femmes revenant des champs, un panier de patates douces sur la tête, un homme poussant son vélo surchargé d'une cargaison de régimes de bananes ou de tôles pour sa nouvelle maison… Et vos rêves où vous étiez la reine d'un pays vaporeux se défont et s'évanouissent comme une écharpe de brouillard sur le marais.

J'essayais autant que je le pouvais, et malgré les invitations pressantes, d'éviter de me joindre aux jeux des autres enfants de la colline. Si, malgré tout, je me laissais entraîner par la bande de garçons et de filles mêlés, je restais toujours en retrait de la joyeuse ardeur que mettaient mes camarades à jongler avec leur balle d'écorce de bananier, à lutter comme des taurillons trop fougueux, à danser comme au jour du mariage, à grimper comme des singes aux arbres sauvages pour y cueillir les fruits défendus. On me trouvait triste, ou orgueilleuse, ou bizarre. On ne tardait pas à se moquer de moi. J'essayais de mon mieux de m'abandonner au jeu. Je n'y parvenais pas. Je m'esquivais discrètement, malheureuse mais soulagée de me retrouver seule. Mais, au Rwanda, il est dangereux d'être une petite fille «solitaire et rêveuse»: c'est celle que guettent les Esprits.

À la maison, ma mère se lamentait de voir sa fille se laisser aller à une indolence qu'elle ne comprenait pas et que ne manqueraient pas de remarquer et bientôt de critiquer les voisines. Une fille a toujours quelque chose à faire: balayer la cour, écosser les haricots, chercher du petit bois pour le foyer, tisser des nattes et des paniers, aider sa mère à cultiver, la remplacer auprès du dernier-né... Maman brandissait la plus terrible des menaces: «Prisca, ma fille, tu ne trouveras jamais à te marier, qui voudra de toi si l'on sait, et on le sait déjà, que tu n'es pas capable de tenir ton enclos. Mais qu'est-ce que nous allons faire de toi?»

Malgré les remontrances de ma mère et les colères de ma grande sœur, j'étais incapable de résister à l'appel du vagabondage et mes errances semblaient poursuivre celles de mes pensées – pensées qui n'étaient peut-être plus tout à fait les miennes –, qui m'entraînaient le plus souvent au bord du marais. Si je trouvais un «coin tranquille» au pied des grands papyrus, je me blottissais, la tête contre mes genoux, et je fermais les yeux pour voir défiler sous mes paupières des paysages de lumière où je croyais parfois distinguer le merveilleux visage d'une jeune fille dont la beauté vaporeuse s'évanouissait dès que je voulais le fixer.

Une fois, mais peut-être y a-t-il eu plusieurs fois, je ne sais plus, levant la tête au-dessus de mes genoux, je crus apercevoir, entre les papyrus, une silhouette qui, je la reconnus à son vêtement d'écorce, ne pouvait être que celle de Nyabingui. Mais au lieu d'être courbée vers le sol, Nyabingui, si c'était elle, se tenait droite et son visage, qui se détachait avec une netteté étrange entre les tiges et les panaches des papyrus, semblait rayonner de tant de bienveillance qu'au lieu de m'enfuir comme j'aurais dû le faire, comme il m'avait été tant de fois recommandé, je me vis m'avancer pour l'approcher, pour la saluer comme on fait au Rwanda par une longue étreinte. Au moment où j'allais l'atteindre et tendais mes bras pour l'enlacer, la silhouette disparut comme une brume légère et je n'entendis plus, comme un écho lointain, que ma propre voix qui répétait : « Nyabingui, Nyabingui… »

Pourtant, je le savais bien, Nyabingui n'était pas un fantôme. C'était une personne réelle, une très vieille femme. Mais elle était comme le péché de notre colline, le secret honteux qu'il fallait cacher à tous, à ceux qui habitaient dans notre voisinage, aux étrangers de passage et surtout aux pères de la mission. Aux indiscrets qui osaient poser une question s'ils l'avaient malencontreusement aperçue – ce qui, bien sûr, n'aurait jamais dû arriver –, on opposait le silence de celui qui n'a rien entendu, ou alors, s'ils insistaient, on répondait embarrassé : « Ce n'est qu'une vieille folle. N'y faites pas attention. » Personne n'avait rien à dire au sujet de Nyabingui.

Nyabingui ne cultivait pas. Il n'y avait ni jardin, ni champ, ni bananeraie autour de sa cahute. Elle ne vivait que de larcins et de rapines. Quand maman constatait, de bon matin, qu'on avait déterré quelques patates douces ou arraché des bananes à un régime, elle accusait aussitôt Nyabingui du méfait. Et le voisin se lamentait lui aussi à hauts cris de la maraude qui l'avait dépouillé d'un peu, à vrai dire bien peu, de sa récolte. Cependant les villageois ne songeaient nullement à monter la garde pour protéger leurs champs comme ils auraient dû le faire, ni à porter plainte à la commune et à dénoncer la coupable, encore moins à exercer leur vengeance sur Nyabingui. Ses chapardages étaient comme un tribut que lui devaient les habitants de la colline. Après la récolte des haricots, des petits pois ou du maïs, il lui était accordé un droit de glanage qui aurait dû être réservé aux seuls enfants. On soupçonnait même certaines familles de disposer, la nuit, à l'entrée de l'enclos, une petite calebasse de bière de sorgho ou de banane comme une offrande à l'intention de Nyabingui.

Il est vrai que Nyabingui inspirait les plus vives terreurs. « C'est le diable, répétait maman, c'est le diable qui nous l'a envoyée sur notre colline. Et il faut bien que nous la supportions ! » On la croyait en effet dotée de grands pouvoirs, surtout ceux qui concernaient les malédictions : elle était censée déclencher les maladies sur les vaches comme sur les humains ; on était persuadé qu'elle commandait à la pluie : on la maudissait par temps de sécheresse, on la bénissait si la pluie tombait à point. On lui attribuait aussi on ne sait quelle influence sur la fécondité des femmes, et celles qui étaient en mal d'enfants allaient discrètement la consulter.

Lorsque quelqu'un tombait malade, d'une maladie inconnue jusqu'alors, il ne faisait de doute pour personne qu'elle avait été causée par les maléfices de la sorcière du marais : c'était la maladie de Nyabingui et elle seule pouvait la guérir. On calculait les offrandes qu'on allait déposer, sans oser s'approcher de sa hutte, à l'orée de la papyraie : haricots, patates douces, petits pots de beurre, et même parfois du tissu pour un pagne qu'elle ne porterait jamais car on la voyait toujours vêtue d'habits d'écorce de ficus. Si la maladie persistait, on comprenait que les présents n'étaient pas en quantité suffisante ou que, pour une raison ou pour une autre, ils n'avaient pas été acceptés. Il était préférable, en ce cas, de négocier. Nyabingui exigeait qu'on lui envoie comme émissaire une toute jeune fille, celle qui, depuis peu, était devenue femme. Cela se passait de nuit, évidemment. La fille choisie partait vers le marais. Ses sœurs l'accompagnaient au bas de la colline en se répandant en lamentations, mais elle seule pénétrait dans le marais jusqu'à la hutte de Nyabingui. Elle n'entrait pas dans la hutte de Nyabingui. Elle ne voyait pas Nyabingui. Elle restait accroupie au seuil de la hutte. Nyabingui lui parlait de l'intérieur. Elle énumérait ses exigences. La liste était longue. Elle la faisait répéter à la fille. Elle concluait l'entretien en formulant de terribles menaces au cas où ces exigences ne seraient pas remplies. On ne savait jamais vraiment ce qu'avait demandé Nyabingui car la famille avait juré de garder le silence. Le malade ne tardait pas à guérir.

Si les enfants interrogeaient les parents pour savoir qui était vraiment Nyabingui, on se contentait de leur répondre qu'elle avait été envoyée sur notre colline en pénitence des « péchés » qui avaient été commis par les ancêtres avant l'arrivée des bons pères et qu'il n'était pas bon d'en savoir plus. Quand je pressais maman de questions, elle se fâchait : « N'as-tu pas reçu le baptême ? Est-ce qu'on te parle de Nyabingui au catéchisme ? » Seule la vieille Nyiramatama, la doyenne du village, encore païenne, répétait à mi-voix que Nyabingui était un esprit très puissant, l'esprit d'une reine dont elle avait oublié le nom, un esprit qui ne mourrait jamais car elle trouvait toujours quelqu'un pour l'abriter. On essayait de faire taire la vieille radoteuse, on se détournait d'elle au plus vite, jurant qu'elle était folle ou qu'on n'avait rien entendu.

Bien plus tard, quand j'étais à l'école, peut-être l'avant-dernière année de l'école primaire, je suis allée interroger en cachette la vieille Nyiramatama. Je sais bien maintenant qui m'y a poussée. Nyiramatama ne sembla guère étonnée de me voir venir lui rendre visite sous prétexte de lui apporter une bouillie de sorgho, alors que maman nous interdisait de la fréquenter et même de l'approcher.

« C'est bien toi qui devais venir, me dit-elle aussitôt, c'est bien toi que j'attendais. Mais ce n'est pas moi qui ai le pouvoir de t'appeler. Il faut que tu saches attendre. Tu veux que je te parle de Nyabingui. Mais je ne connais pas les secrets de Nyabingui. Nyabingui ne m'a pas appelée, mais j'ai vu Nyabingui, une autre Nyabingui que celle de notre colline, et pourtant c'était bien la même. Elle s'appelait alors Gahumuza. Elle habitait chez Muteteri, à Byumba. C'est là qu'elle est morte, qu'on l'a enterrée. On avait même construit une petite hutte sur sa tombe, les femmes y déposaient des offrandes pour son esprit, son umuzimu, maintenant il n'y a plus rien, mais Nyabingui est ailleurs, car Nyabingui ne meurt jamais. Donc à cette époque, c'était après la guerre que se sont faite les Blancs chez nous, mais avant l'autre qu'ils se sont faite chez eux et qui, au Rwanda, a causé la grande famine, la famine Ruzagayura. Tout le monde parlait de Gahumuza qui était venue de Kagarama, de chez les Anglais, c'est de là, dit-on, qu'est d'abord apparue Nyabingui. Je suis allée avec les autres, à Byumba, lui apporter mon offrande à cause de mes seins qui restaient trop petits : les autres filles de la colline se moquaient de moi, elles disaient que je ne trouverais jamais de mari car les filles aux seins trop petits portent malheur : soit elles seront stériles, soit elles auront un ou deux enfants, mais jamais de garçons.

» Gahumuza, je la revois, je ne l'ai jamais oubliée, elle se tenait assise sous l'auvent d'une grande hutte, son palais, comme une reine. Il y avait une lance plantée à sa droite, une lance à sa gauche et à ses pieds deux serpettes avec des manches de fer. La moitié de son visage, qu'on disait avoir été frappé par la foudre, était cachée par un voile de ficus orné de cauris. Ses cheveux se tenaient tout droits : ils étaient enduits de beurre et tressés de perles. Je ne pourrais te dire si c'était une peau de taureau ou de gazelle qu'elle avait pour vêtement et je renonce à compter pour toi le nombre de colliers et de bracelets qu'elle portait aux hanches et aux chevilles. Elle était vraiment comme une reine : quand Nyabingui parlait par sa bouche, elle rugissait plus fort que le lion, et le suppliant qui était venu la consulter se mettait à trembler de terreur. Mais Gahumuza qui était Nyabingui consolait les femmes, leur donnait les seins qu'il faut pour avoir des maris, les rendait fécondes, leur promettait des garçons, beaucoup de garçons. On la craignait car on savait que sa malédiction était terrible et frappait souvent sans qu'on en comprenne la raison mais c'était quand même notre Mère, Nyiramubyeyi, notre Aïeule, Nyogokuru, même si on ignorait son âge, Biheko, Celle qui nous porte comme une mère porte son enfant.

» Elle m'a donné des seins comme aux autres. Elle avait autour d'elle des jeunes filles qui étaient ses servantes. Peut-être que Nyabingui se saisirait à son tour de l'une d'elles. J'ai voulu rester auprès de Gahumuza. Elle n'a pas voulu de moi, elle m'a dit : "Nyabingui est déjà sur ta colline. Nyabingui ne meurt jamais." »

*

Mon entrée à l'école changea du tout au tout le rang hiérarchique inférieur que j'occupais jusque-là dans la famille. Celle que son père à la naissance de la deuxième fille avait nommée par dépit Nyirasonga, « Encore ! », devint bientôt Prisca l'étudiante. Pour ma mère, je n'étais plus cette petite fille à la paresse incompréhensible ; pour ma grande sœur, je n'étais plus ce petit monstre de mauvaise volonté : à présent, j'étais la Bonne Élève. Papa l'avait appris de la bouche même du moniteur qui était venu lui dire : « Boniface, Prisca, ta fille, sais-tu que c'est une très bonne élève, la meilleure de tous mes élèves, des filles comme des garçons. Si elle continue comme ça, je suis certain qu'elle pourra réussir à l'examen national et aller au lycée ! » Les paroles du moniteur avaient été confirmées par le père Martin, un abbé de la paroisse. De temps à autre, il interrogeait les enfants du catéchisme pour vérifier ce que leur apprenait Josèfa. Il était venu à la maison annoncer à maman qu'il avait été frappé par l'intelligence de Prisca et qu'il se proposait de s'occuper personnellement d'elle, qu'il en ferait une institutrice, voire, si Notre Seigneur Jésus-Christ le voulait ainsi, une religieuse chez les Filles de la Vierge, les Benebikira. Maman fit et refit le signe de croix, se confondit en remerciements sans fin qui masquaient mal son incompréhension et son inquiétude devant l'intérêt que portait le missionnaire à sa fille.

Papa prit les mesures qui s'imposaient à l'égard de la bonne élève qui était désormais considérée comme la chance et l'espoir de la famille. Au retour de l'école, je devais être déchargée de toutes les tâches ménagères. Il n'était plus question qu'on m'astreigne à balayer la cour, à cultiver au champ, plus question d'aller chercher de l'eau avec les autres filles. On devait me laisser tranquille avec mes cahiers et mon livre quand j'en aurais un. Il entreprit même d'aménager pour cela, à l'intérieur de la case pourtant si exiguë, un «coin tranquille» où je pourrais apprendre mes leçons. Avec ce que lui avait rapporté la dernière récolte de café, il alla chez Bucumi, le menuisier, lui commander une petite table et une chaise. Ma chaise – et moi seule avais le privilège de m'y asseoir – et ma table – exclusivement réservée à mes cahiers –

furent les premiers meubles européens à être introduits à la maison. Jusque-là, tout le monde s'asseyait sur des nattes, sauf papa qui avait droit à un siège artistement taillé dans un seul bloc de bois et qui offrait pour s'asseoir une large coupelle rendue lisse et luisante par les postérieurs de toute la lignée de nos ancêtres. Maman, elle aussi, prenait place sur un siège du même type, mais plus bas que celui de papa et qui avait perdu un morceau peut-être sous le poids des arrière-trains maternels de mes aïeules.

J'ai l'impression que mon père aimait à me contempler assise sur ma chaise devant ma petite table, m'imaginant déjà en haut fonctionnaire, derrière son impressionnant bureau. Hélas ! j'ai trop souvent déçu mon père et, dès que la pluie cessait, je partais, mon cahier sous le bras, à la recherche d'un « coin tranquille », non plus pour me laisser aller à la dérive de mes rêveries mais bien pour apprendre avec acharnement, et à haute voix, mes leçons. Personne, même ma grande sœur, n'osait contrarier mes accès de solitude, et les voisins et tous les habitants de la colline n'y trouvaient plus rien à redire : ils savaient tous, et papa le leur avait proclamé, que sa fille était la meilleure élève de la classe de Sosthène, qu'elle serait bientôt étudiante au lycée, qu'un jour elle deviendrait une première dame de Kigali, ministre, oui, c'était sûr, ministre !

*

Maman me considérait à présent avec un respect mêlé de méfiance et de tristesse : « Ma pauvre Prisca, soupirait-elle, qu'est-ce que tu vas donc devenir, pauvre de nous ? Qu'est-ce que nous allons devenir ? » Et lorsque ma grande sœur me tendait le pilon pour prendre le relais au mortier, elle intervenait aussitôt : « Laisse-la, tu sais bien qu'elle n'est plus comme nous, c'est l'Étudiante ! »

Ce qui préoccupait toujours maman au sujet de ses filles, c'était leur mariage. Bien sûr, dans mon cas, mes premiers succès à l'école la rassuraient un peu et le bel avenir que me promettait le père Martin lui faisait envisager pour moi un mari qui serait au moins fonctionnaire.

Mais, à l'évidence, cela ne suffisait pas à calmer ses inquiétudes, il y avait autre chose qui la tracassait, qu'elle ne savait comment me dire – parce que c'était ce dont on ne doit pas parler, parce que ce n'était pas à elle, ma mère, de me le dire –, quelque chose qu'il était nécessaire que je connaisse et que je fasse et dont dépendaient apparemment ma future réussite conjugale, la satisfaction de mon futur mari et l'honneur de la famille. Les allusions obscures de ma mère me plongeaient dans la plus profonde perplexité.

Un jour, elle finit par ajouter à la litanie interminable de ses recommandations cet étrange conseil : « Si tu rencontres Suzana, elle voudra peut-être te parler, ne te détourne pas, écoute-la. »

Écouter Suzana ! Suzana, ce n'était pas quelqu'un qu'on devait écouter. On la tenait à l'écart. C'était la seule femme de la colline qui n'était pas mariée. Je n'ai jamais su pourquoi. Mais c'était bien une honte pour Suzana, honte qui rejaillissait sur toutes les femmes de la colline. Pourtant si les matrones la tenaient à distance, elles témoignaient envers elle, sinon du respect, du moins une grande tolérance, même lorsqu'elle disait tout haut ce que la bienséance vous ordonne de taire. On n'en parlait ni en bien ni en mal. Jamais on ne l'avait accusée du moindre maléfice. Il me semblait que, dans la petite société que constituait notre colline, elle jouait un rôle que j'ignorais encore mais que tous considéraient comme indispensable et qu'elle était la seule à pouvoir tenir. Je savais aussi que les jeunes filles avant leur mariage devaient discrètement aller la consulter. J'ignorais à quel propos.

Je ne tardai pas, les jours suivants, à croiser Suzana au détour d'un de ces sentiers solitaires que j'aimais tant fréquenter. Maman et Suzana avaient bien machiné leur guet-apens.

« C'est toi Prisca, me dit Suzana, viens, suis-moi, j'ai quelque chose à te dire. »

Elle m'entraîna derrière la première bananeraie venue.

« Je sais, me dit-elle, que l'on t'appelle l'Étudiante et tu dois en être fière. Mais, crois-moi, pour une fille, il n'y a pas que le cahier de l'école, il y a plus important. Moi aussi, j'ai des choses à t'apprendre. »

Je ne sais comment elle avait réussi à ôter ma robe mais je me retrouvai toute nue devant elle. Elle poussa une exclamation :

« Quoi ! À ton âge, tu es encore une enfant, tu es toujours toute nue ! il faut m'habiller tout ça ! Ta mère avait bien raison de s'inquiéter. Qu'est-ce qu'elle va faire de toi ? Que dirait ton époux s'il voyait que tu n'as pas habillé ce qui lui revient ? Et ta belle-mère te chasserait pour ta plus grande honte et celle de tous les tiens. Bientôt toute la colline se mettrait à composer des chansons pour la honte de toi et de ta mère. Il faut protéger ton petit enclos. Les autres filles de ton âge vont déjà couper de l'herbe. Tu dois aller avec elles. Suis-les. Elles savent où aller. Arrange-toi pour te trouver face à Mukaneza. Elle ne va pas à l'école mais elle sait ce qu'il faut faire, gukuna. Ce qu'elle te fera, tu lui feras. Et comme cela tu auras un bon mari et même des tambours. »

Pour rassurer ma mère, et peut-être par curiosité, je suis allée « couper de l'herbe », mais je ne me suis pas sentie à l'aise de me retrouver toute nue, en pleine brousse. L'idée me hantait : et si un serpent venait à me violer ! Je renonçai bien vite à ces innocents sabbats, ce qui me valut les moqueries des autres fillettes de mon âge qui me promettaient honte et déshonneur pour le jour de mon mariage.

Il était bien sûr strictement interdit de parler de cela aux missionnaires, même en confession, car les pères condamnaient notre coutume que, disaient-ils, le diable nous avait inspirée. De toute façon, gukuna, c'est une affaire de femmes, c'est le secret des femmes.

C'était toujours au bord du marais que me menait ma quête de solitude. En bonne élève, j'apprenais mes leçons, enfilant comme des perles les nouveaux mots français au cordonnet sans fin de ma mémoire. Je repoussais victorieusement les pensées et les images errantes qui brouillaient un instant la page du cahier. Pourtant je ne pouvais m'empêcher de guetter la rumeur qui montait du marais : je sursautais au moindre frémissement qui parcourait comme une houle les aigrettes des papyrus. Il me semblait parfois entrevoir entre les hautes tiges une silhouette furtive qui – j'en étais persuadée – ne pouvait être que celle de Nyabingui. J'imaginais que – je ne savais dans quel but – Nyabingui m'observait, dissimulée dans les papyrus mais, si elle était là, sa présence, loin de m'effrayer, m'était rassurante comme si, gardienne du marais, elle était venue pour m'y accueillir et me protéger des forces redoutables qui, ainsi que chacun le sait, hantent les bas-fonds. J'avais quelquefois tenté d'aller vers l'ombre que j'avais cru distinguer derrière une touffe plus dense, mais, dès que je m'avançais vers elle en écartant le rideau des tiges qui se refermait aussitôt derrière moi, la forme imprécise avait disparu. Je criais : « Nyabingui, Nyabingui ! » Et l'écho – était-ce l'écho ? – répétait : « Nyabingui, Nyabingui… »

Au retour d'une de ces vaines poursuites, je trouvai, bien en évidence sur l'étroit passage que je m'étais frayé à travers les papyrus, un petit fer de lance dont une des faces était noircie et je fus aussitôt saisie par la certitude que c'était là je ne sais quel message que m'envoyait Nyabingui. Je le ramassai et décidai, comme malgré moi, de ne pas en parler à maman ni à personne d'autre. J'allai l'enterrer au fond de la case, derrière les grandes cruches où fermente la bière de sorgho. Mes pensées me ramenaient souvent vers ce petit objet caché. Sa présence, connue de moi seule, me paraissait gage de protection et signe d'une obscure promesse.

*

Parmi les pères de la mission – ils étaient cinq, le curé de la paroisse était rwandais, et les quatre autres abbés étaient des Blancs –, le père Martin était celui que tous les habitants de la colline connaissaient le mieux et appréciaient le plus. Il est vrai qu'on le voyait partout. Il n'était pas comme les autres missionnaires à gros ventre qui se contentaient de faire le tour de leur jardin derrière le presbytère en lisant leur bréviaire, ou bien gravissaient la petite butte, pas bien haute, au fond de l'orangeraie, où l'on avait dressé quatorze pierres pour marquer les quatorze stations du chemin de croix. Le père Martin, lui, parcourait les collines en tous sens, il marchait si vite que les petits enfants avaient renoncé à le suivre en criant «Muzungu! Muzungu!» comme ils le faisaient derrière tous les Blancs qui – ils étaient rares – osaient descendre de leur voiture. D'ailleurs pourquoi auraient-ils crié «Muzungu! Muzungu!» puisqu'on ne considérait plus le père Martin tout à fait comme un vrai Blanc. Il était «padri Martin».

Il visitait très régulièrement l'école et retroussait sa soutane qui, on l'avait remarqué, était plus courte que celle de ses confrères, pour jongler sur un seul pied avec la balle de chiffons ou de feuilles sèches de bananier des élèves : tous, filles et garçons, applaudissaient à son agilité. Il prenait la houe pour bêcher avec eux au jardin scolaire. Il réunissait les moniteurs et prêchait contre l'emploi disproportionné de la baguette, allant jusqu'à relever la robe d'une petite fille pour montrer les marques que les coups avaient laissées sur ses cuisses. «On n'est plus au temps de la traite», lançait-il aux moniteurs qui avaient peine à comprendre le sens de son admonestation. C'est lui qui, après avoir présidé le conseil de classe, proclamait les résultats de fin d'année, félicitant ceux qui accédaient à la classe supérieure, consolant et encourageant ceux qui redoublaient.

On l'attendait avec impatience dans les familles auxquelles il prodiguait aide et conseils. On l'appelait pour résoudre les conflits entre frères, entre voisins : il connaissait assez de proverbes rwandais pour trancher les cas les plus litigieux. Comme il était le seul, avec le frère mécanicien, à conduire la fourgonnette de la mission qu'on aurait dite bricolée avec des plaques de tôle ondulée, il transportait au dispensaire les malades incapables de se déplacer. Il écoutait avec patience les doléances de la population et s'en faisait le porte-parole auprès du bourgmestre qui ne savait si le préfet apprécierait sa fermeté face à un Blanc ou sa bienveillance envers l'Église qui était l'un des plus fermes soutiens de la République. Il finissait la plupart du temps, dans l'intérêt supérieur de l'État, par accéder aux demandes du père Martin.

Le père Martin surveillait de près mes progrès en classe. Deux fois par semaine, à sa demande, j'allais à la mission pour lui présenter mon cahier sur lequel le maître nous faisait copier les leçons. Nous les relisions ensemble, mon précepteur y ajoutait beaucoup de choses que j'avais souvent bien de la peine à comprendre. Il relevait les erreurs que le moniteur avait commises, aussi bien en français qu'en calcul et en géographie ; il s'emportait contre le malheureux maître d'école et se promettait de lui faire corriger ses bévues et de lui faire honte de son ignorance. Je le suppliais de n'en rien faire, sachant que, dès que le père Martin aurait tourné le dos, Sosthène redeviendrait le tout-puissant maître de sa classe et qu'il se vengerait sur moi de son humiliation.

Je fis, grâce au père Martin, de rapides progrès que j'essayais de ne pas trop étaler devant le moniteur, lequel ne pouvait supporter qu'un élève de sa classe – et pire encore une fille – puisse acquérir sans sa permission, comme en contrebande, des connaissances auprès d'un Blanc qui usurpait sa position, auprès des élèves et de leurs parents, d'unique détenteur et dispensateur du savoir. Malgré mes efforts de modestie et la malveillance manifeste de Sosthène, je me retrouvais toujours première de la classe, à la grande satisfaction de mon père et de mon mentor.

Je sus lire et écrire bien avant les autres, et ce fut pour moi jour de gloire et de consécration celui où le père Martin prit, sur un tableau où beaucoup d'autres étaient accrochées, une grosse clé et, me disant de le suivre, ouvrit la porte de la bibliothèque de la mission. On l'appelait l'ancienne bibliothèque, et seuls les missionnaires y avaient accès. On avait en effet construit, au bout du terrain de sport, un bâtiment tout en longueur qui servait de vestiaire aux joueurs de foot et aussi de lieu de réunion pour la chorale, les scouts, les jeunes xavériens. C'était le Foyer. Les étudiants s'y retrouvaient pendant les grandes vacances. On pouvait y consommer des Fantas fournis par l'économat mais la Primus et les brochettes y étaient prohibées. Aussi les fonctionnaires, les infirmiers, les agronomes, le vétérinaire, tout ce que la commune comptait d'évolués, préféraient-ils passer les soirées dans les quelques cabarets dont la lumière crue des Petromax brillait jusque tard dans la nuit. En plus d'une vingtaine de chaises et d'une table ronde, le meuble le plus remarquable du Foyer consistait en une étagère appelée pompeusement la nouvelle bibliothèque. On y trouvait une pile de *Kinyamateka*, le journal de l'archevêché, des illustrés disparates, une dizaine de bandes dessinées, quelques romans policiers abandonnés par des coopérants à leur départ et toute une série de petits livrets qui permettaient de découvrir, en moins de cinquante pages et en français facile, les grands classiques de la littérature mondiale : *Les Misérables, L'Odyssée, Les Trois Mousquetaires, L'Île au trésor, Don Quichotte, La Petite Fadette, Moby Dick, Vingt Mille Lieues sous les mers*, etc.

Je me doutais bien que l'étagère de la salle de réunion n'était pas une vraie bibliothèque, aussi quand, à la suite du père Martin, je pénétrai dans l'ancienne, j'eus l'impression intimidante et exaltante à la fois d'être introduite dans un lieu sacré, un sanctuaire, le saint des saints réservé à de rares initiés. Je m'y suis sentie toute petite. Je levais respectueusement les yeux jusqu'au haut des rayonnages qui couvraient les murs et tapissaient la pièce jusqu'au plafond. Je retenais ma respiration. C'étaient de vrais livres qui se tenaient bien droits les uns contre les autres, comme des militaires le jour de la fête nationale, les uns dans leur bel uniforme de cuir, certains aussi gros que le missel dans lequel le prêtre lisait, pour ne pas se tromper d'une syllabe, les prières de la messe, les autres, comme de simples soldats dans leur modeste tenue de carton bleu ou noir. Je remarquai aussi que la bibliothèque ne devait guère être fréquentée car la table de travail et le rebord du rayonnage étaient couverts de poussière, et il me parut bien dangereux que quelqu'un osât s'aventurer sur l'escabeau bancal qui permettait d'accéder aux plus hautes travées.

« Tu vois, me dit le père Martin, ce sont tous les livres qu'ont laissés les anciens, les pères qui ont fondé la mission. Il y a beaucoup de théologie, des traités d'oraison, des livres d'anthropologie qui sont, paraît-il, bien dépassés aujourd'hui. Nous autres, jeunes abbés, nous n'avons plus le temps de nous plonger dans ces gros bouquins, ce qu'il nous faut, c'est l'action : l'Évangile, c'est le développement. Et puis, en plus, il y a beaucoup de livres bizarres. C'est le père Régis qui les a réunis. Il est mort dans les années trente, sa tombe est derrière l'église. Il voulait découvrir d'où venaient les Tutsi : d'Égypte, d'Éthiopie, d'Israël? On ne le saura jamais. On dit que ce sont des Hamites, pas des Bantous, moi, je n'en sais rien ; à présent, c'est le peuple majoritaire qui est au pouvoir, il n'y a rien à dire mais toi, Prisca, je sais bien que tu es tutsi et cela ne m'empêche pas de t'aider même si le père Bizimana, le curé de la paroisse, ne voit pas ça d'un bon œil, mais il n'ose rien dire. C'est donc le père Régis qui a fait venir tous ces livres pour étudier l'hébreu, le syriaque, l'araméen, le copte, le guèze et je ne sais quels dialectes disparus, la bibliothèque en est remplie à moitié. Sa famille devait être riche, cela a dû coûter cher de faire venir tous ces livres ! Il avait entrepris d'écrire un gros ouvrage qu'il n'a pas terminé, ceux qui l'ont connu disent d'ailleurs qu'il ne voulait pas vraiment l'achever, qu'il prétextait toujours la découverte d'un nouvel élément, essentiel, à ajouter. Le manuscrit doit être quelque part, avec tous les vieux papiers des pères, des lettres, des cahiers, des feuillets jaunis… Il faudrait trier, classer tout cela, mais je n'ai pas le temps et cela n'intéresse pas mes confrères. Peut-être toi, Prisca, quand tu seras au lycée, je te demanderai de le faire pendant les grandes vacances. Ou bien peut-être iras-tu, pourquoi pas ?, à l'université et tu y étudieras l'histoire de l'Afrique alors, si je suis encore ici, tu pourras étudier ces vieux papiers. »

Le père Martin dirigeait aussi la chorale qui, à la messe, chantait des cantiques dont la plupart étaient de sa composition. Il insista pour que j'en fasse partie : « Tu as une drôle de voix, m'avait-il dit, mais, bah ! parmi les autres, cela ne se remarquera pas de trop. » Ce n'était pas le père Martin qui avait créé la chorale, c'était un frère, belge comme lui, le frère Augustin, qui était retourné en Belgique prendre sa retraite. Le père Martin avait introduit beaucoup de changements dans le recrutement et le répertoire des chanteurs. Le frère Augustin ne voulait que des jeunes garçons car, aurait-il dit selon le père Martin, ce sont leurs voix impubères qui se rapprochent le plus du chœur céleste des anges. Le père Martin, lui, avait introduit des filles et il y en avait à présent autant que de garçons. Avec lui, la chorale ne se contentait plus d'accompagner la liturgie des messes du dimanche, elle animait les rencontres des jeunes au Foyer et donnait, quand le temps s'y prêtait, des concerts devant l'église paroissiale. La renommée des choristes de la paroisse s'étant vite répandue, on venait de loin pour les écouter et ils étaient souvent invités par d'autres missions pour donner leur récital. Le répertoire, comme je l'ai dit, avait beaucoup changé. Si le concert commençait et finissait toujours par quelques cantiques, c'étaient des chansons des Compagnons de la chanson, de Charles Trenet, de Gilbert Bécaud, de Line Renaud, de Marcel Amont, etc., qui fournissaient le plus gros du programme. S'y ajoutaient même des chants des Noirs américains que le père appelait des negro spirituals ou des gospel songs. Avant d'entrer chez les Pères Blancs, il s'était beaucoup passionné pour la musique noire américaine et possédait toute une collection de disques de jazz et de blues et de gospels qu'il écoutait sur son vieux tourne-disque au saphir un peu usé, à l'étonnement et parfois au scandale de ses confrères rwandais qui trouvaient que ces nègres d'Amérique étaient décidément tombés dans la plus obscure sauvagerie. Les choristes, auxquels il faisait écouter ces disques avant les répétitions, étaient au contraire transportés d'enthousiasme à l'idée que ces chants venaient d'Amérique. L'abbé avait d'ailleurs remarqué que ma voix un peu rauque convenait le mieux pour le genre et j'en étais devenue la soliste.

Si le père Martin acceptait que la chorale participe à la fête nationale, il refusait toujours, déclenchant la colère du bourgmestre, de faire chanter les hymnes à la gloire du Président que déversait à longueur de journée la radio nationale. On se contentait de célébrer la beauté du pays des mille collines et l'ardeur de ses habitants à œuvrer au développement. Quand nous fûmes invités à Kabgayi, à l'archevêché, notre prestation eut à subir quelques critiques : l'archevêque nous fit savoir que des chants évidemment protestants n'étaient peut-être pas les bienvenus dans la bouche de la jeunesse catholique. Le père Martin ne tint aucun compte de l'avertissement et la chorale continua à chanter *Oh Happy Day, Joshua Fit the Battle of Jericho, Glory, Oh my Lord…* Je me surprenais souvent à fredonner un de ces airs, mais les paroles étranges que je chantais comme malgré moi n'avaient rien à voir avec celles que le père Martin nous avait fait retenir à force de répétitions. Cela d'ailleurs provoqua un grave incident qui mit fin à ma première carrière de chanteuse.

Le père Martin avait organisé, à l'occasion de la fête de saint François Xavier qui était le saint patron de la paroisse, une sorte de festival où devaient se produire non seulement deux autres chorales venues de missions voisines mais aussi les ensembles de tambourinaires que ces mêmes missions, à l'exemple de la nôtre, avaient formés pour appeler les fidèles aux offices et saluer le saint sacrement comme, autrefois, on le faisait pour le roi. Il était entré en conflit à ce sujet avec le bourgmestre qui se méfiait des grands rassemblements et des tambours et voulait ramener sous sa coupe l'initiative de l'abbé. Le bourgmestre avait donc décidé que le concert se déroulerait, non pas sur le parvis de l'église de la mission, mais sur la grande prairie en pente douce qui s'étendait devant le vieux fortin qu'on appelait le Boma et qu'on disait avoir été construit au temps des Allemands. Pour se concilier le père, il avait fait hâtivement dresser, lors des travaux communautaires du samedi, une scène en bois, mais avait exigé que les seuls drapeaux déployés soient le drapeau national et celui du parti et qu'il puisse adresser une petite allocution de bienvenue aux différents groupes invités. Pour sauver son festival, le père Martin céda sur tous ces points. En clôture, il avait réussi, après quelques répétitions laborieuses, à réunir tous les participants, tambourinaires et choristes, en une symphonie assourdissante qui ne manquerait pas d'impressionner pour longtemps les paysans venus des communes environnantes. Je devais chanter en soliste quelques mesures de je ne sais plus quel gospel, accompagnée de tous les tambours battant en sourdine. Lorsque je m'avançai au bord de l'estrade, comme poussée par le grondement des tambours, je fus saisie par un chant qui ne m'appartenait pas et qui n'avait en tout cas rien à voir avec les quelques mots anglais extraits du gospel, chant qui n'aurait peut-être jamais cessé si le père Martin ne s'était précipité sur la scène et ne m'avait traînée à peu près inconsciente derrière le demi-cercle des tambours. Il me fit aussitôt transporter à la mission où je fus hébergée dans une des chambres réservées aux hôtes de passage.

Dès qu'il en eut terminé avec son festival, que, me semble-t-il, il abrégea quelque peu, le père Martin accourut à mon chevet. Il me demanda avec beaucoup d'inquiétude de lui décrire ce qui m'était arrivé, ce que j'avais ressenti. Je dus lui répondre que je ne me souvenais de rien, que je ne comprenais pas pourquoi j'étais allongée sur ce lit, ce que j'y faisais alors que je ne me sentais pas du tout malade. Il voulait que je lui répète ce que j'avais chanté, ces paroles étranges qu'il n'avait pas comprises et qui n'avaient rien à voir avec les mots anglais du gospel qu'il avait choisi. Je lui répétais que je n'avais gardé aucun souvenir de ce qui m'était arrivé. Je fus très étonnée quand il me décrivit la danse frénétique, convulsive, indécente, à laquelle je m'étais livrée avant que, très vite, fort heureusement, son intervention ne vienne l'interrompre. Je me demandai un instant s'il n'était pas devenu fou.

Je constatai pourtant que le père Martin était très affecté par ce qu'il disait m'être arrivé. Il pensa à l'épilepsie ou bien à une crise d'hystérie due à l'approche de mes premières règles. L'idée lui était peut-être venue que j'avais été la proie, passagère, d'une possession diabolique, mais il l'avait repoussée comme venant d'un autre temps : lui, prêtre rallié à la démocratie chrétienne, ne pouvait s'imaginer en exorciste chassant le démon qui se serait emparé de sa protégée. Il me soupçonna aussi d'être allée, sans doute par curiosité naïve, chez les pentecôtistes qui entrent en transe durant leurs offices et croient que le charabia qu'ils bredouillent leur descend tout droit du Saint-Esprit. Je lui jurai que je n'avais jamais fréquenté leur mission même s'ils attiraient beaucoup de monde dans leur dispensaire à cause des médicaments qu'ils distribuaient généreusement. Le père Martin finit par conclure que c'était peut-être simplement l'émotion, le trac, comme disent les artistes, et que je n'étais décidément pas faite pour me produire sur une scène devant le public, et que c'était sans doute mieux ainsi. Il se reprochait de m'avoir ainsi poussée en avant comme une enfant prodige : j'avais bien sûr toujours ma place parmi les choristes mais plus comme vedette. Il insista pourtant pour m'amener à Kigali consulter un médecin qu'il connaissait, ce qu'avec l'appui de maman je refusai fermement.

Toute la colline me considérait désormais comme atteinte d'accès de folie, mais cela n'étonnait personne, c'était, pensait-on, la rançon à payer pour ceux qui réussissaient trop bien à l'école des Blancs.

*

Les premières règles d'une adolescente sont toujours un moment périlleux, non seulement pour elle-même, mais pour toute sa famille. Le sang menstruel fait en effet l'objet de toutes les convoitises de ceux qui cherchent à vous nuire : vos ennemis de toujours, vos voisins jaloux, les pervers qui font le mal pour le mal, les empoisonneurs de profession, les sorciers – et surtout les sorcières – tenteront de s'emparer de la moindre trace pour confectionner leurs philtres maléfiques qui rendront stérile à jamais celle qui est devenue femme, et ses sœurs présentes et à venir répandront la peste sur votre troupeau, feront peu à peu dépérir vos fils, amoncelleront sur vous et les vôtres tous les malheurs que vous n'auriez pu imaginer.

Maman guettait avec anxiété les signes annonciateurs de la puberté : esquisse de toison, prémices de mamelons. Lorsque survint le flux de sang, elle me confina aussitôt au fond de la case, derrière un paravent, dans une réclusion totale. Elle récupérait minutieusement les herbes fines et les morceaux de pagne qui me servaient de serviette et attendait le milieu de la nuit pour aller les brûler au bout de la bananeraie, et en enfouir les cendres en prenant bien garde de n'être pas suivie.

Le père Martin, inquiet de mon absence à l'école, accourut à la maison. On lui refusa l'entrée avec de grandes démonstrations de politesse. Il n'insista pas. Sans doute, lui qui avait quelques connaissances des coutumes rwandaises et respectait celles qu'il ne jugeait pas incompatibles avec la religion chrétienne, avait-il deviné ma situation. Je réclamai mon cahier à maman, elle me le donna avec beaucoup de réticence, grommelant que ce que j'apprenais chez Sosthène était des choses de Blancs qui étaient dangereuses dans mon état. J'essayai de me concentrer sur les dernières leçons et surtout sur les ajouts et corrections qu'y avait apportés le père Martin, mais une irrépressible somnolence s'emparait de moi et m'entraînait bientôt dans les ténèbres d'un sommeil sans rêves qui m'avait conduite, me semblait-il au réveil, jusqu'aux confins des portes de la mort. J'avais peine à chasser l'angoisse que me causaient ces nuits sans mémoire. Un matin, c'était le jour où, selon les prudents calculs de maman, ma réclusion allait pouvoir être levée, je découvris entre mes cuisses le minuscule fer de lance que je croyais avoir dissimulé derrière les grandes cruches. Je me résignai alors à attendre l'événement dont ce petit objet était le signe, événement qui à l'évidence ne concernait que moi, que je ne pourrais partager avec personne et auquel je ne pourrais en aucune façon échapper.

*

À quelque temps de là, papa tomba malade. Je n'avais jamais imaginé que papa puisse tomber malade. Comment une fille pourrait-elle imaginer que son père, le pilier inébranlable de la maison, puisse tomber malade ? Papa me paraissait très grand, peut-être pas le plus grand de notre colline, mais une fille respectueuse ne se risque pas à comparer la taille de son père à celle des autres hommes. Un père est toujours le plus grand. Il paraissait maigre mais il était vigoureux. C'était un marcheur infatigable. Il avait les jambes bien droites, sans le vilain renflement du mollet que les Rwandais jugent disgracieux. Il avait parcouru en tous sens le Rwanda, son bâton de berger posé en travers de ses épaules.

Face aux malheurs qui s'étaient abattus sur les siens, il s'ingéniait à trouver mille moyens de survie pour sa famille. Comme beaucoup d'autres, lui, le bouvier dont tous les instants étaient jusque-là consacrés à ses vaches, avait pris la machette pour défricher, la houe pour cultiver. Mais il ne s'était pas contenté de planter le carré de caféiers exigé par l'administration, ni de laisser sa femme et bientôt ses filles retourner la terre du champ, il avait ouvert sur le marché une petite boutique de tôle où il vendait, comme dans les autres boutiques, des allumettes, des cigarettes à la pièce, des boîtes de lait en poudre Nido, du concentré de tomate, de l'huile de palme dans des bouteilles de Johnny Walker, des Fantas et de la Primus. Avec quelques amis, ambitieux comme lui, il s'était lancé dans une plus grosse entreprise : ils avaient racheté l'épave d'une camionnette Toyota. Juvénal qui se vantait d'avoir été « grand mécanicien » à Kigali avait réussi à en rafistoler la carrosserie et convaincu, à force de pièces rapportées et bricolées, le moteur de redémarrer. La Toyota bringuebalante avait bravement transporté sa cargaison de passagers, de chèvres, de chapelets de poulets dont s'échappait un nuage de plumes, de matelas, de régimes de bananes, de bidons jaunes remplis de pétrole, d'huile de palme ou de bière de banane jusqu'à Kigali et retour, mais, au bout de trois mois de bons et loyaux services, elle s'était disloquée en plusieurs morceaux qu'on retrouva tout au long de la piste. Le boy chauffeur s'était enfui, emportant la dernière recette.

Papa ne se décourageait jamais. Il était allé, traversant tout le Rwanda, jusqu'au Congo, à Bukavu, où, avait-il appris, on pouvait acheter à bas prix des diamants que les mineurs du Katanga avalaient et récupéraient ensuite dans leurs excréments après avoir pris une potion laxative. On pouvait les revendre très cher aux bijoutiers sénégalais qui s'appelaient tous Petits Gay à Kigali ou à Bujumbura. Papa comptait consacrer, s'il le fallait, à cet achat tout ce que lui avait rapporté la vente de plusieurs années de récolte de café. Mais les fameuses pierres que lui présentèrent les trafiquants – ils prétendaient les avoir plus ou moins extorquées à de pauvres mineurs en fuite qui se tordaient dans d'affreuses douleurs abdominales – ressemblaient à de vulgaires cailloux, et les explications des vendeurs comme quoi, bien sûr, il fallait les tailler pour obtenir ces diamants aux merveilleuses facettes scintillantes qui valaient des fortunes ne parvinrent pas à le convaincre. Il acheta, à la place des pierres présumées précieuses, plusieurs cartons d'une crème qui avait la réputation d'être un élixir sans pareil pour rendre la peau des femmes civilisées aussi claire que celle de la gazelle impala. Elle venait, lui avait certifié le colporteur, d'un pays appelé New York où, prétendait-il, les maisons sont plus hautes que le volcan Muhabura. Il ramena tous ces tubes, échappant aux barrages incertains des prétendus militaires ou des soi-disant douaniers qui exigeaient des voyageurs et surtout des commerçants un droit de péage et parfois même de saisie sur les marchandises. Il obtint sur le marché un tel succès que les élégantes de toute la province venaient en foule pour se procurer la fameuse crème blanchissante, l'authentique, certifiée *made in USA*. Chaque année, papa inventait une nouvelle « bonne affaire » : certaines réussissaient, beaucoup échouaient, mais c'est ainsi que papa narguait le malheur.

La maladie de papa s'aggravait de jour en jour. La fièvre qui le faisait tantôt grelotter tantôt se consumer de sueurs ardentes ne ressemblait pas, selon le diagnostic de maman, à une simple crise de malaria. Quand il émergeait de sa torpeur fébrile, c'était pour prononcer des paroles incohérentes qui nous plongeaient dans une terrible angoisse. Son ventre, gémissait-il, était envahi par une fourmilière d'esprits qui lui rongeaient les entrailles. Maman avait déployé toutes les ressources – feuilles, racines, tubercules – dont dispose la pharmacopée rwandaise, elle avait accompagné chacune de ses médications des incantations appropriées, mais toutes s'étaient révélées inefficaces, même les feuilles d'umuravumba, considérées comme une panacée, s'étaient révélées impuissantes face au mal mystérieux qui avait pris possession du père de famille. Pourtant, maman m'avait bien recommandé : « Ne va surtout pas en parler au père Martin, il emmènerait ton père au dispensaire dans son fourgon en tôle, la maladie de papa, ce n'est pas une maladie pour les Blancs, le conduire à l'infirmier, c'est le conduire à une mort certaine, les maladies de Rwandais, ça ne concerne que les Rwandais. »

Papa, cela ne faisait aucun doute, avait été empoisonné. Maman faisait l'inventaire des voisins qui pouvaient avoir quelque contentieux avec notre famille, de tous ceux qui avaient participé, de près ou de loin, aux bonnes et aux moins bonnes affaires de papa, des Congolais avec lesquels il aurait peut-être eu commerce, de tous ceux dont le lignage était considéré comme hostile au nôtre. Mais non, concluait maman, le coupable n'était pas parmi eux, papa était trop respecté sur la colline et surtout assez habile et prudent pour déjouer les traquenards qu'on pouvait tramer contre lui, même les sorciers attitrés et reconnus n'auraient pas osé s'attaquer à lui sachant qu'il avait de quoi contrer leurs mauvais sorts et les retourner contre eux. Maman, je l'avais deviné, savait depuis longtemps de qui venait la maladie. Mais elle avait peur de le dévoiler, comme si, en révélant qui était à l'origine du mal, elle était certaine de déclencher un déchaînement de malheurs sans fin. Pourtant, comme les délires de papa devenaient de plus en plus effrayants, elle finit par déclarer à ses quatre filles éplorées :

« La maladie de votre père, cela ne fait aucun doute, c'est la maladie de Nyabingui. Le malheur est sur nous ! Pourquoi notre famille ? Que veut-elle de nous ? Nous sommes dans les mains du diable ! »

Maman se lamentait en me regardant avec une telle inquiétude qu'il me semblait que c'était sur moi que pesait la malédiction de Nyabingui.

*

La maladie de Nyabingui, tout le monde en était bien persuadé, il n'y avait que Nyabingui pour la guérir. Mais pour obtenir cette guérison, il fallait en payer le prix. Maman se hâta donc de réunir les présents qui, selon elle, pourraient fléchir la sorcière et l'amener à lever sa malédiction. Pourquoi son courroux s'était-il abattu sur notre famille ? maman ne cherchait pas à en connaître la raison, les maléfices de Nyabingui s'abattaient comme le malheur, on ne savait jamais pourquoi. Elle choisit donc des épis d'éleusine, des épis de sorgho qu'elle enveloppa dans des feuilles de bananier, des sortes de lentilles encore dans leurs cosses, appelées inkori, qui étaient rares parce qu'on avait cessé presque partout de les cultiver, un petit panier de haricots jaunes et du maïs aux grains noirs et blancs. Elle y ajouta une petite calebasse de bière de sorgho miellée, inkangaza. Ni Primus ni argent. Évidemment, Nyabingui ne pouvait rien accepter qui vînt des Blancs. On plaça toutes ces offrandes dans un grand panier au couvercle pointu qu'on décora d'une guirlande de feuilles de bananier artistement tressées.

Restait à désigner celle qui irait porter le tribut à la sorcière. Selon le rituel convenu, il fallait déposer le panier sur une pierre creuse que Nyabingui plaçait à cet effet à quelque distance de sa cahute. Peut-être guettait-elle cachée dans les papyrus. On savait aussi – mais d'où tenait-on cela ? – que la « canéphore » devait être une jeune fille tout juste nubile, umwangavu. Le rôle devait donc me revenir mais maman refusa obstinément de m'envoyer au marais, même accompagnée par mes sœurs. « Elle n'en reviendra pas, gémissait maman, Nyabingui veut me la prendre, c'est ma Prisca qu'elle veut. »

Au plus noir de la nuit, ma grande sœur, tremblante de peur, porta le panier jusqu'à la pierre qu'elle n'eut pas de peine à repérer dans une trouée qui avait été faite dans les papyrus. Elle y plaça le panier et revint à toutes jambes, sans se retourner, auprès de mes deux petites sœurs qui l'attendaient, toutes grelottantes, serrées l'une contre l'autre, au bas de la colline. À la maison, où j'étais restée sous la surveillance de ma mère, papa se tordait de douleurs redoublées.

Dès que le vacarme des oiseaux eut annoncé l'approche de l'aube, maman courut vers le marais et constata que le panier était toujours sur la pierre. Elle reprit, désespérée, le panier dédaigné. À la maison, l'état de papa s'était aggravé : sa respiration n'était que râles et sifflements ; sous les aisselles et le ventre de la petite sœur dernière-née, maman découvrit avec effroi une éruption de boutons pustuleux. La malédiction de Nyabingui gagnait peu à peu toute la famille. Maman se répandit en lamentations et supplia Yezu, Maria et Ryangombe de venir à son secours, sachant bien que tous les anges et les saints des bons pères et toute la cohorte des esprits qui s'incarnaient dans les initiés aux mystères du Kubandwa seraient impuissants face à Nyabingui.

Des pensées étrangères me poursuivaient comme un essaim d'abeilles acharnées que je ne parvenais pas à chasser : « C'est toi, c'est toi que veut Nyabingui, c'est toi qu'elle attend. » Maman, sans doute, avait deviné, elle aussi, la raison pour laquelle Nyabingui tourmentait la famille : n'avais-je pas toujours été pour elle une fille bien étrange ? Mais elle ne pouvait se résoudre à me l'avouer.

Je finis par lui dire : « Cette nuit, j'irai au marais, j'irai rencontrer Nyabingui, je sais que c'est moi qu'elle veut. Il n'y a rien d'autre à faire. De toute façon, Nyabingui viendra me chercher, et ça tu le sais. »

Maman ne me répondit pas : elle savait bien, elle aussi, qu'il n'y avait rien d'autre à faire.

Dès que j'eus pris cette décision, je sentis monter en moi un désir, une impatience irrépressible de courir vers le marais. J'allai retirer de sa cachette le petit fer de lance qui, j'en étais maintenant certaine, était le signe d'élection que m'avait adressé Nyabingui ; une présence rassurante me semblait émaner de cette petite pointe de fer. Je savais que l'appel viendrait à son heure, il n'y avait pas à le devancer.

*

À peine avais-je fait quelques pas dans l'étroit sentier qui menait jusqu'aux rives du lac que je vis, sous un berceau de papyrus, la pierre où ma sœur avait déposé les offrandes. J'allai m'y asseoir. J'attendis un long moment guettant dans la rumeur continue du marais un bruit insolite qui annoncerait la venue de Nyabingui. Le cœur battant, je sursautais au moindre froissement des tiges et des panaches.

Je ne l'entendis ni ne la vis venir et soudain elle était là, devant moi, Nyabingui, vêtue de sa tunique d'écorce, non pas voûtée, mais grande et bien droite, et son visage, non pas celui ridé et décharné d'une très vieille femme, mais celui d'une femme dont la maturité avait conservé l'éclat de la jeunesse. Elle me fit signe et je la suivis jusqu'à sa hutte. L'intérieur n'était que faiblement éclairé par le rougeoiement d'un feu de braises. Elle y jeta quelques feuilles et brindilles, et des flammèches dansèrent sur la coupelle où elle conservait le feu. Je me retrouvai, je ne sais comment, assise en face d'elle, séparée par le brasero dans lequel se consumaient les herbes et des feuilles dont la fumée légère et parfumée me plongeait dans une bizarre euphorie. Nyabingui m'observait longuement, toujours silencieuse. Je ne sais comment, mais peut-être était-ce à cause de ces plantes dont la fumée stagnante et parfumée emplissait à présent la hutte de volutes indécises, je trouvai la hardiesse de lui demander :

« Nyabingui, que me veux-tu ?

— Ne m'appelle pas Nyabingui. Crois-tu que je suis Nyabingui ? Mon nom est Muguiraneza, La-faiseuse-de-bien. C'est celui que m'a donné mon père. Je ne suis pas Nyabingui. Nyabingui est le nom d'un esprit très puissant. On dit que c'est celui d'une reine : Kitami, la reine du royaume des femmes. C'était la reine des femmes qui, quand elles faisaient la guerre, étaient la terreur des meilleurs guerriers. Mais d'autres disent que c'est l'esprit d'une fille que les gens de son village allèrent perdre dans la forêt parce qu'elle n'était pas comme les autres petites filles. Ils disaient que, si elle se baignait dans un lac, le lac s'asséchait, que, si elle s'asseyait au bord d'un champ de sorgho, les épis devenaient stériles. Ils allèrent la perdre dans la forêt mais un chasseur la recueillit et l'esprit puissant de la forêt entra en elle, c'était Nyabingui. Et Nyabingui guette les petites filles qui s'aventurent seules à l'orée de la forêt ou au bord des marais. Elles ne sont pas comme les autres. Elles ne savent pas que c'est Nyabingui qui les appelle, qui les a choisies. Tu es venue seule au bord du marais. J'ai su que Nyabingui t'avait choisie. Désormais, c'est en toi qu'elle parlera. Moi, je suis trop vieille, Nyabingui va m'abandonner : elle veut une jeune fille, tu seras la suivante de Nyabingui qui est l'esprit de la reine Kitami, tu seras son umuguerwa.

— Mais je ne veux pas de Nyabingui, on dit que Nyabingui c'est le diable!

— Ce sont les abapadri qui disent que Nyabingui c'est le diable. Nyabingui est très puissante. Ils sont jaloux. Elle donne la santé ou la maladie, la vie ou la mort. Tu auras en toi cette puissance mais ce n'est pas toi qui en décideras, ce sera Nyabingui qui est en toi. Tu as touché la petite lance, dès ce moment tu es devenue la suivante de Nyabingui, tu es son umuguerwa.

— Et mon père et ma petite sœur, qui va les guérir?

— C'est toi qui vas les guérir ou plutôt Nyabingui qui est en toi, qui va entrer en toi. Penche-toi sur le feu, aspire cette fumée qui monte des feuilles qui se consument sur les braises, aspire, c'est Nyabingui, elle pénètre en toi, dans ta gorge, elle emplit ta poitrine, ton ventre, elle s'empare de toi, elle s'empare de ton esprit, c'est elle qui va parler par ta bouche, c'est Nyabingui, regarde ton ombre, regarde-toi dans ton ombre, tu es Nyabingui ! »

La voûte de la petite hutte n'était plus qu'un tourbillon qui m'emportait au plus profond de la nuit. J'étais au centre du tourbillon. Je m'entendais proférer des paroles que je ne comprenais pas, j'écoutais un chant qui sortait de ma bouche, une chanson si belle qu'elle m'inondait d'allégresse. Mais je savais qui parlait en moi, qui chantait en moi : Nyabingui !

Lorsque je revins à moi, j'entendis une voix devenue douce – était-ce celle de Nyabingui, était-ce celle de Muguiraneza ? – qui me murmurait : « Rentre chez toi : ton père est guéri, ta petite sœur est guérie. C'est toi qui les as guéris. Ne parle à personne de ce qui s'est passé en toi ce soir. À personne, tu m'entends. Je sais que tu es l'amie d'un Blanc. Un père de la mission. Qu'il reste ton ami. Va à l'école des Blancs. Pénètre les secrets des Blancs. Dérobe-leur tout ce qu'ils savent. C'est Nyabingui qui le veut, je le sais, c'est Nyabingui qui t'envoie. Il y aura deux esprits en toi, celui de Nyabingui et celui des Blancs. J'ignore où cela te mènera, c'est Nyabingui qui le sait. Tu reviendras vers moi, ne me demande pas quand : lorsque ce moment viendra, tu le sauras en toi. Ne l'oublie jamais : tu es pour toujours une umuguerwa, la suivante de la reine Nyabingui. »

De retour à la maison, je trouvai mon père assis devant le feu sur le siège patriarcal qui vidait d'un trait le pot à lait que lui avait sans doute tendu ma mère. Il ne se souvenait de rien. Il se reprochait d'avoir dormi si longtemps et si profondément, manquant ainsi à son devoir de gardien de la famille dont la vigilance sans défaut protège toute la maisonnée. Il en était presque honteux : un homme doit veiller sur le seuil, sa lance à la main. Les boutons sur le corps de ma petite sœur avaient disparu : elle sommeillait paisiblement sur sa natte.

Maman ne me posa aucune question, mais elle suivait d'un regard inquiet le moindre de mes gestes et de mes déplacements. À mon passage, elle écartait de moi mes petites sœurs et parut soulagée quand, comme tous les autres matins, je pris le chemin de l'école.

J'étais redevenue, comme avant cette nuit terrible, « la Bonne Élève ». C'était la dernière année de l'école primaire, celle qui décidait de votre avenir. L'examen national m'ouvrirait, si j'étais reçue, les portes du lycée. À l'approche de l'épreuve, le père Martin multipliait ses leçons et ses conseils. Pour lui, il ne faisait aucun doute que je serais reçue, le seul obstacle étant que de trop brillants résultats pour un candidat tutsi pouvaient constituer un barrage : on disait que les autorités veillaient à éliminer les candidats tutsi dont la réussite par trop insolente était susceptible de mettre plus tard en danger l'équilibre démocratique qu'avait conquis le peuple majoritaire. Mais, après tout, je n'étais qu'une fille, moins dangereuse qu'un garçon, et le père Martin comptait sur son influence pour contrer toute malveillance : il venait d'être nommé inspecteur et conseiller pédagogique diocésain ; il aurait donc son mot à dire dans les délibérations : je n'aurais pas meilleur défenseur.

Je constatai pourtant bientôt un changement d'attitude à mon égard de la part de mes camarades d'école comme de la plupart des habitants de la colline. C'était moi qui, par mon goût pour la solitude, m'étais toujours tenue un peu à l'écart des enfants de mon âge et des adultes. Mon statut de « meilleure élève » avait encore renforcé la distance qui me séparait des autres. Mais, à présent, après la « nuit terrible », il me fallait admettre que ce n'était pas moi mais plutôt tous les élèves de l'école qui refusaient de m'adresser la parole, évitaient de me toucher ou même de me frôler pendant les récréations ; ou, quand nous nous précipitions pour nous mettre en rang avant d'entrer en classe, je constatais qu'il y avait toujours un espace avec celui ou celle qui était devant ou derrière moi, je remarquais qu'on s'arrangeait toujours pour ne pas se trouver sur le même banc que moi et celle ou celui qui finissait par y prendre place se tenait toujours à bonne distance, tout à l'autre bout du banc, au risque de tomber. Sur la colline, les femmes faisaient un détour pour ne pas me croiser et, si elles y étaient contraintes à cause de l'étroitesse du sentier, elles détournaient la tête comme si elles fuyaient mon regard. À l'évidence, la malédiction qui avait frappé ma famille, la guérison miraculeuse et surtout ma visite nocturne à Nyabingui n'étaient pas restées longtemps cachées. Au Rwanda, on ne peut rien dissimuler très longtemps. Tout finit par se savoir, même si ce que l'on croit savoir est la plupart du temps très éloigné de la réalité.

Pourtant, parfois, une femme me faisait d'étranges avances. Elle m'offrait une main de bananes ou même quelques friandises exotiques achetées à l'unique boutique du grand marché de la commune tenue par un Pakistanais. Elle m'invitait à la suivre discrètement jusque chez elle. Le plus souvent j'y trouvais un enfant malade. Je comprenais qu'elle attribuait sa maladie à Nyabingui et peut-être à moi-même puisque, d'après ce qu'on racontait, j'avais quelque chose à voir avec les pouvoirs de nuisance et de bienveillance de Nyabingui. Quelquefois aussi, mais pas toujours, je me sentais envahie de la puissance qui m'avait saisie dans la hutte de Nyabingui. Je m'entendais prononcer des mots inconnus dont j'étais après coup incapable de me souvenir. Je ne sais combien de temps durait la transe, s'il faut employer ce mot dont j'ai honte, mais, quand je revenais à moi, je trouvais la maman du petit malade paralysée d'effroi. Je la rassurais de mon mieux tout en la menaçant des plus grands malheurs si elle révélait à quiconque ce qu'elle venait de voir et d'entendre. Je n'osais lui promettre la guérison de son enfant mais, quelques jours plus tard, j'apprenais effectivement que l'enfant avait recouvré la santé.

D'autres femmes m'attiraient dans leur arrière-cour sous prétexte de partager avec moi quelques épis de maïs qu'elles allaient mettre à griller. Elles me tenaient, en baissant la voix, un discours long et embarrassé sur les problèmes de leur ventre, sur leur grossesse capricieuse qui n'en finissait pas de vagabonder et provoquait la colère et les menaces de leur mari et, un jour, serait cause de leur répudiation. Elles étaient honteuses de parler de tout cela, de tout cela dont il ne faut jamais parler, surtout à une jeune fille comme moi, si jeune, si innocente et qui faisait la fierté de l'école et de toute la colline, mais peut-être, elles l'avaient entendu dire, ou elles l'avaient vu en rêve, peut-être que, si je touchais leur ventre à un certain endroit, si je prononçais les paroles qu'il fallait et que je connaissais sans doute, le bébé reviendrait là où il devait être, qu'elles accoucheraient d'un beau garçon, dont leur mari serait fier, qu'elles seraient des épouses honorées, des mères comblées qui tiendraient dignement leur rang parmi les autres femmes de la colline, et elles croyaient que je pouvais faire cela, leur venir en aide, qu'elles n'en parleraient bien sûr à personne, à personne, qu'elles me considéreraient, moi, si jeune, comme leur nouvelle mère…

Ce n'était certainement pas Nyabingui qui m'inspirait quand, par lassitude ou par pitié, j'improvisais et bredouillais un semblant d'incantation. J'étais remplie de remords d'avoir eu recours aux charlataneries de ces sorcières qui, selon le père Martin, s'entêtaient à contrarier l'œuvre providentielle du vrai Dieu et la marche irrésistible du progrès. Étais-je devenue une de ces sorcières vouées aux flammes de l'enfer ?

Si quelques femmes m'attribuaient des pouvoirs de guérison, d'autres devaient accuser mes maléfices d'être la cause des maladies qui frappaient leurs enfants. Et moi-même, si une de mes camarades de classe ou l'enfant d'une voisine tombaient malades, j'allais jusqu'à me demander si je n'avais pas émis contre eux une de ces mauvaises pensées que vous ne pouvez retenir et que vous regrettez aussitôt, mais que la puissance de l'esprit dont je me savais habitée pouvait changer en malédiction efficace. Rougeoles, diarrhées, fièvres m'étaient évidemment imputées. Seule la peur que leur inspirait Nyabingui, ce puissant esprit, les dissuadait de chercher à m'empoisonner.

Pourtant, parmi ceux qui croyaient en Nyabingui, et ils étaient nombreux, se répandit l'opinion qu'ayant élu une très jeune fille, l'Esprit n'avait peut-être pas acquis cette méchanceté de tous les instants qui est le propre des vieilles femmes solitaires. On en donnait pour preuve que, depuis que j'étais réputée être une umuguerwa, il n'était survenu aucune de ces calamités exceptionnelles auxquelles la mémoire de la communauté attribue un nom : épidémies de méningites, pluies torrentielles qui emportent des pans de colline avec ses habitants, sécheresse, famine… Les pères disaient qu'il fallait en rendre grâce à leur Maria et demandaient de fleurir son autel, mais c'est à la porte de notre enclos que maman trouvait, à son plus grand effroi, de petites corbeilles de haricots, une main de bananes ou quelques épis de maïs qu'elle nous dissimulait de son mieux, grommelant qu'il ne fallait pas toucher à des offrandes qu'on déposait pour le diable.

*

De temps à autre, une voix bourdonnait et envahissait ma tête : « Va voir Nyabingui, va chez Nyabingui, elle t'attend. » Puis elle ricanait me répétant : « Tu es Nyabingui… » J'étais incapable de résister longtemps à l'appel et je m'engageais sur le sentier du marais, m'assurant de ne pas être suivie, sans pouvoir cependant chasser l'impression qu'il y avait toujours une ombre dissimulée derrière moi pour m'épier. Je m'engouffrais sans hésiter à l'intérieur de la petite hutte car je savais que Nyabingui m'attendait. Je la trouvais recroquevillée sous sa cape d'écorce. Elle avait perdu cette aura d'étrange jeunesse qui m'avait paru émaner d'elle la nuit de mon initiation. À chacune de mes visites, son corps semblait se dessécher, se racornir comme celui de ces momies égyptiennes dont le père Martin m'avait montré des photos dans un de ses livres. Sa voix naguère stridente n'était plus qu'un souffle balbutiant. La hutte était embrumée de la fumée qui montait du brasero où se consumait une poignée de feuilles étranges. Je me laissais glisser dans les volutes d'un singulier bien-être. J'entendais, comme sans y prêter attention, les paroles à peine audibles de Nyabingui mais qui, je le savais, allaient s'enfouir au plus profond de ma mémoire.

Elle parlait d'une reine d'au-delà du temps, du temps où les femmes portaient les armes, la reine Kitami qui régnait sur un peuple de femmes : « Kitami, retiens ce nom, répétait-elle en tentant d'élever sa voix qui n'était plus qu'un souffle, Kitami, je le prononce pour toi seule avant de mourir, car je sais que ce sera un jour ton nom. Grave bien ce nom dans ta mémoire ; Nyabingui c'est l'esprit de Kitami, et Nyabingui c'est Muhumuza, mais Muhumuza ce n'est pas un esprit, c'était une femme comme toi et moi, mais c'était aussi une reine remplie de l'esprit de Nyabingui, comme toi et moi. Quand elle est arrivée au Mpororo, elle disait qu'elle savait qu'un tambour était caché dans une grotte et que, si on entendait battre ce tambour (car il gronderait de lui-même dès qu'elle l'aurait découvert), un troupeau de vaches sans fin sortirait du flanc de la montagne : l'abondance régnerait à jamais alors sur le Mpororo. Muhumuza, je l'ai connue, je suis allée la voir, elle m'avait appelée, à Kampala, chez le roi des Baganda, elle était prisonnière des Abongereza, des Anglais, ils ne voulaient pas la laisser revenir ici au Mpororo : ici, au Mpororo, on l'attendait comme la reine. À Kampala, elle n'était pas vraiment en prison, pourtant elle avait fait la guerre pour chasser les Anglais, ils l'avaient faite prisonnière mais ils ne l'avaient pas pendue, ils n'avaient pas capturé son tambour, son tambour est toujours là, caché quelque part, qui le retrouvera ? ce sera peut-être toi, ou une autre, je ne sais pas, Nyabingui le sait car Nyabingui ne meurt jamais. Nyabingui revient toujours et en qui elle veut.

» Après Muhumuza, il y a eu un homme, un Congolais, il avait à une main deux doigts de plus que nous autres, c'est pour cela qu'on l'appelait Deux-Doigts, Ntokimbiri. Avec lui, il y avait une femme qui s'appelait Kayiguirwa, c'était une umuguerwa, c'est Nyabingui qui parlait par sa bouche ou son ventre, elle avait avec elle un mouton habité de la puissance d'Imana. Ensemble, ils ont attaqué le grand camp des Blancs à Nyakishenyi. Lorsqu'on les poursuivait, ils se cachaient dans la grande forêt du Congo. Les Anglais n'ont pas pu attraper Kayiguirwa, on n'a jamais su ce qu'elle est devenue mais son mouton, oui, ils l'ont capturé, et le chef des Blancs à Kabale, qui en avait peur, l'a brûlé devant tout le monde jusqu'au dernier os. Et à Ntokimbiri, on lui a coupé ses deux doigts en plus et on les a exposés, tout secs, bien en vue, sur la barza de la case du chef des Blancs, mais sa tête, les grands chefs des Blancs la voulaient pour eux, chez eux, on m'a raconté qu'on l'a mise dans la grande case où ils entassent tout ce qu'ils volent aux autres, peut-être qu'ils voulaient savoir si l'esprit de Nyabingui était dans son crâne. Mais Nyabingui n'était pas dans la tête de Ntokimbiri, car Nyabingui va où elle veut, Nyabingui choisit qui elle veut et les Blancs ne connaissent rien à Nyabingui, et ils ne pouvaient pas savoir. Auprès de notre colline, elle avait choisi une femme qui n'avait que la moitié de sa tête. On l'appelait Gahumuza. Elle est morte trois ans avant ma naissance.

» Muhumuza donc, je suis allée la voir, elle habitait une grande hutte, comme le palais d'une reine, elle avait des servantes, elle avait des vaches, le lait qu'on lui présentait, c'était celui de ses vaches. On venait de partout pour la consulter, du Nkole, du Bunyoro, du Congo, du Rwanda, du Burundi, elle guérissait les malades, les femmes stériles, elle les rendait fécondes, elle appelait celles qui devaient recevoir l'esprit de Nyabingui comme je t'ai appelée, celles qui devaient devenir les abaguerwa, les servantes de Nyabingui. Elle était Mugore, la Grande Mère, elle était Mabere, Celle-qui-nourrit-de-son-sein. Elle m'a appelée parmi la foule de tous ceux qui attendaient leur guérison, Nyabingui me voulait, c'est toi qu'elle veut à présent. Ne crains rien, laisse-toi guider par elle, moi je vais mourir : elle, elle ne peut pas mourir, elle t'a choisie, va avec son esprit, tu ne peux rien faire d'autre et maintenant, laisse-moi mourir. »

Quelque temps avant l'examen national, comme je répondais à l'appel de la voix qui m'enjoignait de me rendre chez Nyabingui, je trouvai la hutte vide. Celle qu'on appelait Nyabingui avait disparu. On n'a jamais retrouvé son corps. Peut-être s'est-elle noyée dans le lac. En ce cas, les crocodiles ont dévoré son cadavre. Sans doute voulait-elle disparaître à jamais. Les villageois ont brûlé sa hutte sans oser y pénétrer, espérant réduire en cendres les objets maléfiques que la vieille sorcière aurait pu y laisser.

*

Pour la plus grande fierté de mon père (mais il était certain de la réussite de sa fille) et au grand soulagement du père Martin qui manifestait quelques inquiétudes à mon sujet, je fus reçue à l'examen national et inscrite pour la rentrée prochaine au lycée de Kigali tenu, comme tous les lycées de filles, par une congrégation religieuse. Les habitants de la colline virent d'un bon œil s'éloigner cette fille étrange que les uns croyaient habitée par Nyabingui, les autres par le diable et qui était pour quelques-uns atteinte de folie.

J'eus à subir comme les autres élèves tutsi – le quota en limitait le nombre à 10 % des effectifs du lycée – discriminations et brimades. Mais il me semble, en y réfléchissant après coup, que je fus relativement épargnée par rapport à mes camarades. J'étais toujours une brillante élève, ce qui me valait la bienveillance de la plupart des professeurs européens, que la jalousie de mes compagnes ne manquait pas de taxer de favoritisme. J'étais encore sous la haute protection du père Martin qui avait maintenant un poste d'importance au bureau pédagogique chargé d'établir les programmes et de former les professeurs rwandais. Il surveillait de près mon travail, s'inquiétait de mon comportement et de ma santé, craignant toujours quelque rechute dans la crise mystérieuse qui m'avait saisie pendant son festival musical. Lors de ses visites à la mère supérieure, il n'oubliait jamais de lui toucher un mot à mon sujet et profitait de ses visites pédagogiques pour s'enquérir de moi auprès des professeurs. Durant les grandes vacances, il me soumettait un programme de lectures et de révisions, et mettait à ma disposition le Foyer, à charge pour moi de faire office de bibliothécaire quand se présentaient les rares emprunteurs de livres.

De vagues rumeurs au sujet de mes pouvoirs s'étaient infiltrées jusqu'au sein du lycée. Beaucoup de mes camarades me tenaient à l'écart mais n'osaient me dénoncer comme sorcière ou entreprendre contre moi quelque action violente, s'imaginant que je pouvais exercer contre elles une impitoyable vengeance. Quand Félicie, qui m'avait traitée publiquement de « sorcière hypocrite », tomba gravement malade, toutes furent persuadées que sa maladie était due à mes maléfices et sa guérison soudaine me fut tout autant imputée. Aussi certaines, quand elles étaient malades et consignées à l'infirmerie, trouvaient un prétexte pour me faire venir auprès de leur lit et s'arrangeaient pour me toucher. Beaucoup étaient persuadées qu'elles me devaient leur guérison.

J'avais pour me protéger une autre ressource : celle de m'évader dans mes chères rêveries. Il était pourtant bien difficile de trouver dans le bâtiment du lycée «un coin tranquille». Il y avait bien les W.-C., mais ils étaient souvent occupés par une élève anxieuse qui apprenait ses leçons jusqu'au bout de la nuit. Restait la chapelle. Je m'y réfugiais dès que je sentais monter en moi ce besoin irrépressible de solitude, qui était aussi un appel de Nyabingui, manifestant ainsi sa présence toujours tapie au fond de mon esprit. Les sœurs chargées de l'intendance et de la surveillance, et la mère supérieure en premier, admiraient ma piété et le père Martin, mis au courant, envisageait même, après le lycée, mon entrée dans un ordre contemplatif. Moi, assise sur un banc au fond de la chapelle, je flottais légère comme un voile de brume sur les papyrus et la reine Kitami m'accueillait dans son palais de vapeur et le son merveilleux de son tambour couvrait les bavardages et les cris de mes camarades.

Durant ces années passées au lycée, j'eus l'impression que Nyabingui s'était un peu retirée de moi. Mais je savais bien aussi, je le sentais derrière le flux de mes pensées, qu'elle était toujours là, comme aux aguets, attendant quelque chose que j'étais évidemment incapable de prévoir. D'ailleurs elle me rappelait de temps à autre la domination sans partage qu'elle entendait exercer sur ma personne. J'étais prise alors de ce que j'appelais pudiquement des vertiges, qui me jetaient à terre à n'importe quel moment et où que je sois, et me laissaient quelques instants sans connaissance. Ces vertiges qui affolaient les sœurs, les professeurs et les élèves, je savais bien qu'ils étaient pour Nyabingui une manière de me rappeler qu'elle pouvait me terrasser et me faire entrer dans la transe qui révélerait sa présence.

À partir de la troisième, toutes les élèves se déclaraient amoureuses d'un de leurs professeurs européens. Les tactiques de séduction étaient naïves mais les proies faciles. Il s'agissait, dans la plupart des cas, de jeunes coopérants français qui, à ce qu'on disait, étaient venus faire leur service militaire en Afrique. On ne comprenait pas bien ce qu'il y avait de militaire à enseigner le français ou les maths mais ces jeunes gens, un peu étonnés de leur succès, n'entendaient aucunement résister aux avances non équivoques dont ils étaient les cibles. La compétition était rude entre les filles les plus hardies, et que l'une d'elles l'emporte sur toutes ses rivales suscitait à la fois l'admiration et la rancune tenace des déçues. Dissimulée sous des démonstrations intempestives d'amitié, la violence de la jalousie allait parfois jusqu'à des tentatives d'envoûtement auxquelles on me demandait discrètement de procéder. Je faisais évidemment semblant de ne pas comprendre. Les déçues finissaient par se consoler en se disant que la prochaine année scolaire amènerait un nouveau contingent de beaux et jeunes professeurs et que, cette fois, elles ne se laisseraient pas voler leur proie.

Je ne participais pas à ces jeux d'adolescentes où se mêlaient vanité, illusions, mais aussi parfois sentiments naïvement sincères presque toujours cruellement déçus. Cela ajoutait encore à ma réputation de bizarrerie, et j'étais écartée des conversations chuchotées de mes camarades qui ne portaient que sur les péripéties imaginées ou réelles de leurs ébats amoureux. J'étais incapable, même, de m'inventer un flirt, captive, je le savais, de la volonté de Nyabingui qui avait réservé mon corps à la transe qui la faisait exister en moi et par moi.

Je lui fus pourtant infidèle, à moins qu'il ne se soit agi, comme j'ai fini par en être persuadée, d'une de ses ruses. En seconde, je remarquai que le professeur de maths me dévorait des yeux, m'appelait au tableau plus souvent que les autres, ce qui faisait murmurer toute la classe. Il me retenait après le cours sous prétexte de m'expliquer un exercice que je n'avais pas réussi dans le dernier devoir. La conversation déviait loin des mathématiques et je commis l'imprudence de lui dire qu'à la chorale de la mission j'avais interprété des gospels et que j'aimais beaucoup les chanteuses américaines. Je me demande encore aujourd'hui si c'est bien moi qui faisais cette confidence… L'occasion était trop belle, Julien, je me souviens de son prénom, me déclara aussitôt que lui aussi était fan de gospel, de blues et de jazz, et que chez lui, ici, dans sa petite villa, il avait toute une collection de disques qu'il avait apportés de France, qu'il aimerait tant me les faire écouter si je voulais bien venir chez lui un dimanche après-midi. Je savais bien que les disques de Mahalia Jackson n'étaient qu'un prétexte, mais, sans que j'aie pris le temps de réfléchir, je m'entendis répondre que je viendrais chez lui dès dimanche prochain.

Le dimanche venu, on passa vite de l'écoute de *God Put a Rainbow in the Sky* à des jeux plus intimes de baisers, d'attouchements, de caresses, mais au moment du dernier acte de nos ébats amoureux, je me refusai énergiquement à lui. Je crus un instant qu'il allait me dire, comme l'auraient fait la plupart des Blancs, furieux et frustrés, de me rhabiller et de ficher le camp, mais Julien se jeta à mes pieds, me dit qu'il ne m'en voulait pas, qu'il ferait tout ce que je lui ordonnerais, qu'il avait besoin de moi, qu'il fallait que je revienne, qu'il se contenterait de me caresser, de me contempler, nue, comme je l'étais à présent devant lui, qu'il me dessinerait car mon corps l'inspirait, c'était tout ce qu'il me demandait et c'est tout ce qu'il attendait de moi.

Julien m'expliqua longuement, et un peu confusément, qu'il travaillait à une bande dessinée : la bande dessinée, c'était sa passion. Il en avait imaginé le scénario dès son arrivée au Rwanda. Son histoire – comme je m'en rendis compte plus tard – n'avait rien d'original. Elle s'inspirait de près, de trop près, des vieux romans de Henry Rider Haggard ou de certaines aventures de Tarzan inlassablement déroulées par Edgar Rice Burroughs. Selon les poncifs du genre, un jeune aventurier, sa blonde fiancée et un vieux coureur de brousse à la gâchette facile se lançaient, sur la foi d'un vieux grimoire trouvé dans le coffre d'un ancêtre pirate, dans une expédition à la recherche d'une cité aux richesses fabuleuses cachée, au cœur de l'Afrique, au sein d'une impénétrable forêt vierge ou dans les entrailles vertigineuses du cratère d'un volcan éteint. La cité perdue était bien sûr gouvernée par une reine à la beauté fatale. Seule originalité, la reine n'était pas blanche, comme dans la plupart des romans de ce type, mais noire. Cette souveraine, oubliée et plus ou moins immortelle, régnait grâce à ses légions d'Amazones, aux sagaies toujours mortelles, sur une peuplade de Pygmées cannibales et sur un harem de jeunes hommes blancs, capturés par ses guerrières et maintenus en esclavage par la seule fascination de sa beauté. La plupart du temps invisible, n'acceptant que la compagnie de ses Amazones, elle apparaissait, par les nuits de pleine lune, sur une des terrasses de son palais de style assyro-égyptien, à ses sujets extasiés, vêtue de ses seuls bijoux. Elle appelait à elle un de ses esclaves blancs qui serait livré à ses amours et sacrifié ensuite à la furie cruelle des Amazones. Julien n'était pas encore bien fixé sur le dénouement. Il hésitait d'ailleurs pour une autre version où ce serait la blonde jeune fille qui partirait à la recherche de son frère ou de son fiancé enlevé par les Amazones de l'implacable reine.

Je m'étais juré de ne plus retourner chez Julien. Mais chaque après-midi de dimanche, je me glissais par le portail laissé entrouvert de la villa, la torpeur de l'heure de la sieste me protégeant des indiscrets. Le rituel de nos rendez-vous dominicaux était immuable. Il y avait d'abord le jeu des étreintes et des caresses toujours platoniques mais auxquelles – et je m'en étonnais après coup – je m'abandonnais sans plus aucune pudeur. Puis Julien, accroupi à mes pieds, la planche à dessin calée sur ses cuisses, se mettait au travail. « Grâce à toi, Prisca, me disait-il, regarde comme ma bande dessinée avance. C'est vraiment toi qui m'inspires, on dirait que tu tiens mon crayon. » Il est vrai que ma figure occupait la plupart des vignettes ; j'avais l'impression qu'à cause de moi Julien avait oublié le droit-fil du scénario. Il me représentait souvent nue, mais aussi vêtue de brocart roidi d'or comme une petite danseuse de Bali, emperlée de la tête aux pieds telle une impératrice de Byzance, armée de l'arc d'or de Diane chasseresse, coiffée de la tiare d'une déesse d'Orient, ployant sous le lourd *manto* d'une madone espagnole, surgissant, enfin nue, du septième voile de Salomé... Julien déclara que c'était moi qui devais donner un nom à la reine. Je sais bien que ce n'est pas moi qui prononçai le nom que j'entendis sortir de ma bouche : « Kitami, la reine s'appelle Kitami. »

Tels de gigantesques atlantes, les arbres de la forêt vierge paraissaient soutenir l'architecture précieusement contournée des palais qui s'étageaient pour s'épanouir, très haut dans le ciel, en dômes impalpables. Julien s'acharnait aussi à rendre l'expression consumée d'ardeurs impatientes et d'effroi extatique des captifs blancs que les gardes-chiourme pygmées avaient fait agenouiller au pied de la terrasse de l'Apparition, et je remarquai, quelques vignettes plus tard, que celui que la reine avait choisi pour ses mortelles amours avait quelque ressemblance avec Julien. Je comprenais alors qu'il était temps de m'offrir à nouveau aux caprices de ses caresses.

De vignette en vignette, nos chastes amours durèrent toute l'année scolaire. De mon côté, j'étais fascinée de voir mes rêveries vaporeuses prendre forme, c'était comme si, même si j'avais refusé à Julien de faire vraiment l'amour – et parfois je m'en sentais coupable, mais je ne pouvais rien contre la volonté de Nyabingui –, c'était son imagination qui m'avait pénétrée. J'étais la reine Kitami. D'une manière ou d'une autre – je ne pouvais savoir encore comment –, je serais un jour la reine Kitami.

Julien repartit en France, me laissant quelques planches où j'étais représentée en reine Kitami. Il jura qu'il m'aimait vraiment, qu'il ne m'oublierait jamais, qu'il m'écrirait chaque jour, et, dès que sa bande dessinée serait achevée – et, il en était certain, elle remporterait un grand succès et il gagnerait beaucoup d'argent –, alors il trouverait un moyen de me faire venir en France et on se marierait… Je n'ai pas cru un mot de ses promesses, ses lettres, s'il m'en a écrit, ne me sont jamais parvenues, j'ignore s'il a pu faire éditer sa bande dessinée, elle se serait intitulée, bien sûr, « La Reine Kitami ».

*

J'étais toujours un peu inquiète quand, pour les grandes vacances, je revenais sur la colline familiale. Maman m'accueillait comme sa fille prodigue et mes plats préférés, dont j'étais privée au lycée, m'attendaient, bananes, haricots, patates douces, colocases, baignant, luxe inouï et attendu par mes petites sœurs, dans une sauce d'huile de palme et d'arachides. Cependant je remarquais qu'elle m'observait avec anxiété et tentait d'éloigner de moi mes petites sœurs qui, n'ayant pas eu la chance d'accéder au lycée, me pressaient de questions sur ce monde merveilleux qui leur était refusé. Mon père ne voyait en moi que la brillante élève à l'avenir assuré qui serait le soutien de sa vieillesse. Pour ma grande sœur, qui ne pensait qu'à son prochain mariage, ma réputation pouvait constituer un obstacle, aussi m'évitait-elle autant qu'elle le pouvait, se lamentant qu'une sorcière telle que moi puisse encore faire partie de la famille.

Les rares fois où je me trouvais seule à la maison, et j'inventais pour cela mille prétextes, un désir irrésistible me poussait à me glisser derrière les grandes cruches pour y retrouver le fer de lance qui avait été le signe de mon élection par Nyabingui. J'éprouvais le besoin de le toucher, d'appuyer sa pointe sur celle de mes seins, de le glisser entre mes cuisses, comme si de ce petit morceau de métal émanait une énergie inépuisable dont je ne savais encore où elle voulait me mener.

Je passais la plupart de mes journées recluse au Foyer où le père Martin m'avait donné la responsabilité de la bibliothèque. J'ai l'impression d'en avoir chassé les rares lecteurs. Par contre, quelques femmes en mal d'enfant attendaient impatiemment mon retour, entre appréhension et espoir, et cherchaient toujours discrètement à me consulter sous n'importe quel prétexte. Je n'osais les décevoir et imposais mes mains sur leur ventre en détresse. Cette thaumaturgie sauvage me laissait lasse et satisfaite à la fois, comme si s'était déchargé le trop-plein de cette effusion de puissance dont Nyabingui était la source.

Pendant les grandes vacances qui précédèrent l'année de la classe de terminale, le père Martin me chargea de procéder à l'inventaire et au classement des livres de la bibliothèque, la véritable, celle de la mission. Il voulait, pour éviter leur perte, les regrouper à la bibliothèque de l'archevêché, à Kabgayi, faire don de quelques-uns à l'université nationale de Butare et verser les documents personnels concernant les missionnaires aux archives des Pères Blancs, à Rome. Lui-même partait pour deux ans en Europe, à Louvain-la-Neuve, afin d'acquérir un diplôme en psychopédagogie. Il me fit d'ultimes recommandations sur mon avenir, ma santé, mon comportement. Je pleurais le départ de mon protecteur auquel j'étais sincèrement attachée, c'était comme si je me retrouvais orpheline, mais je ressentais, avec beaucoup de honte, dans la partie de moi-même qui appartenait à Nyabingui, comme un soulagement.

Je classais donc les ouvrages selon les genres qu'avait déterminés le père Martin : traités de théologie, méthodes d'oraison, catéchismes, recueils de prières et de cantiques, ouvrages d'ethnologie, d'archéologie, d'histoire, récits de voyage, géographie, atlas, grammaires et lexiques de langues diverses, dictionnaires. Je passai les deux mois de ces grandes vacances enfermée dans la bibliothèque qui était devenue pour moi la caverne de tous les trésors. Le curé Bizimana et ses abbés n'osaient m'en déloger puisque j'étais encore sous la haute protection du père Martin qui m'avait chargée d'une mission qui restait pour eux mystérieuse mais concernait, à ce qu'ils en avaient compris, les plus hautes instances religieuses et universitaires. Il faut dire que, si je prenais ma tâche à cœur, mes rêveries flânaient sur certaines pages, comme cette planche d'un gros livre sur l'Égypte antique où défilaient en une fresque étrange les dieux à tête animale. La gueule de lionne d'une déesse me poursuivait jusque dans mes rêves.

Le fonds le plus important était celui laissé par le père Régis et il consistait principalement en ouvrages de philologie et en de nombreux dictionnaires portant sur les langues les plus diverses. Les langues anciennes étaient largement représentées, hébreu, grec, sanskrit, latin, mais les ouvrages concernant les langues africaines l'emportaient en nombre.

Sur plusieurs dizaines de gros cahiers, le père Régis semblait s'être acharné à retrouver dans le kinyarwanda des vestiges de toutes les langues de l'Antiquité en passant par celles de l'Éthiopie et de la Corne de l'Afrique. Il avait, sur des pages entières, translittéré puis traduit des manuscrits en guèze ou en amharique. On y lisait plusieurs versions de la visite de la reine de Saba, Makeda, une Éthiopienne, à Salomon et comment l'arche d'alliance s'était retrouvée avec elle, dans sa capitale, à Axoum. Il avait compilé des études, souvent elles aussi manuscrites, car le père correspondait avec des missionnaires convertis comme lui en linguistes ou en ethnologues sur les coutumes et les langues des peuples du Soudan : Galla, Nuer, Dinka, Shilluk, etc. Ce foisonnement de mots, comme arrachés, exilés de la langue qui leur insufflait vie et sens, me fascinait. Ils s'accumulaient dans ma mémoire, et bien qu'à l'évidence mal déchiffrés, mal prononcés, ils constituèrent peu à peu une sorte de dialecte, un pidgin incantatoire connu de moi seule, au travers duquel Nyabingui se manifestait. Je rassemblais tout cela dans un carton d'archives que m'avait procuré le père Martin.

À même le sol dallé, sous la dernière travée d'un rayonnage, je découvris une boîte de métal. Le décor du couvercle, un peu noirci, laissait deviner un ange soufflant dans une trompette. Deux bandeaux attachés à ce qui me parut être des gerbes de blé l'encadraient. Sur le bandeau supérieur, je déchiffrai : LEFÈVRE-UTILE, et sur l'inférieur : *NANTES*. J'eus un peu de mal à soulever le couvercle aux charnières rouillées. Je fis rapidement l'inventaire de ce que contenait la boîte : quelques lettres, des images pieuses, plusieurs chapelets et colliers de médailles, une statuette de plâtre de la Sainte Vierge, le corps sans vie de son Fils reposant sur ses genoux, sur le socle, une inscription : NOTRE-DAME DE PITIÉ ; un livre, sans doute pour enfants, avec des illustrations à chaque page et intitulé : VIE DU BIENHEUREUX MARTYR THÉOPHANE VÉNARD. Tout au fond, un carnet attira mon attention. Sur sa couverture de carton était collée une étiquette : CARNET DU FRÈRE ROGATIEN 1911. J'eus aussitôt le pressentiment qu'il contenait quelque chose qui me concernait et les quelques pages que je lus au hasard me le confirmèrent. Le frère Rogatien notait au jour le jour ce qu'il apprenait de la révolte menée par une « sorcière » qui menaçait la mission. Et celle qu'il appelait la « sorcière », son nom, je le connaissais, c'était Muhumuza, qu'il écrivait à la française Mouhoumousa. Et moi-même, par celle qui m'avait livrée à Nyabingui, je savais que j'appartenais à une lignée d'initiées, de baguerwa, dont Muhumuza était un chaînon. J'étais certaine que ce carnet n'était pas là par hasard : il attendait sa lectrice, il m'attendait. Ces lignes m'appartenaient ; elles faisaient partie de la légende de Nyabingui telle que la colportait la rumeur des collines. Et moi aussi j'étais entrée dans cette légende, moi Prisca qu'a choisie Nyabingui, moi Prisca qu'habite la reine Kitami.

Le frère Rogatien apparaît comme quelqu'un de simple et de modeste. Sans doute un peu naïf et crédule. Il est fier d'être natif d'un petit village du Poitou, Saint-Loup-sur-Thouet, où l'on vénère un enfant du pays, le bienheureux Théophane Vénard, décapité pour la foi au Tonkin en 1861. Enfant, son père le destine à garder des chèvres,

Rogatien, lui, rêve de suivre l'exemple de Théophane dont le grand vitrail de l'église paroissiale exalte le martyre, et c'est ainsi qu'il entre dans la Société des missionnaires d'Afrique, plus communément appelée les Pères Blancs, comme simple frère car ses études, qui se sont arrêtées au certificat d'études, ne lui ont pas permis d'accéder à la prêtrise. Après son serment d'engagement perpétuel, il est nommé au Rwanda où, depuis 1900, s'est ouvert pour les Pères Blancs un nouveau champ d'apostolat. « Dans ce pays-ci, note-t-il, on peut tout aussi bien trouver le martyre qu'au Tonkin. »

Le frère Rogatien dirige les travaux de construction de la grande église de la mission qui est toujours là avec ses deux tours qu'on dirait venues tout droit du Moyen Âge. Il a sous ses ordres une main-d'œuvre d'environ trois cents hommes, la plupart prêtés par le sous-chef de la région. Il semble avoir bien du mal avec le kinyarwanda pour se faire entendre.

C'est l'arrivée de la commission anglo-allemande pour délimiter définitivement la frontière qui provoque le soulèvement de Muhumuza. Les poteaux frontière divisaient en deux le royaume que Muhumuza entendait gouverner au nom de Nyabingui et de la reine Kitami : la rébellion se déroule d'août à septembre 1911.

Le mercredi 2 août, éclate un premier incident : un chrétien portant la médaille a été tué. Deux pères de la mission, armés de fusils, vont demander au sous-chef de leur livrer l'assassin. Celui-ci jure évidemment ne rien savoir. Les missionnaires saisissent deux vaches en représailles.

Quelques jours plus tard, les auxiliaires baganda refusent d'aller visiter les succursales, on les a menacés de mort. Le frère n'apprécie pas ces auxiliaires qui, sachant lire et un peu écrire, méprisent les paysans du pays. On les accuse d'avoir volé beaucoup de chèvres et surtout, selon l'expression du bon frère, d'« avoir bousculé bien trop de filles ».

Le 12 août, un chef d'équipe, un Kapita, lui révèle que c'est une « sorcière » qui est à la tête de la rébellion. Elle s'appellerait Muhumuza et se dirait possédée d'un esprit femelle nommé Nyabingui, une démone qui veut tuer tous les Blancs. « Or les seuls Blancs ici, remarque le frère, ce sont les missionnaires car la caravane qui est venue pour la frontière, tous ceux-là, les militaires, les géomètres, repartiront bientôt. Est-ce l'heure du martyre qui approche ? Parmi ces ouvriers qui travaillent torse nu, il y en aura peut-être un pour me trancher la gorge ? »

Selon les rumeurs que consigne le frère Rogatien, Muhumuza serait suivie de toute une troupe de Batwa sortis des marais du lac Mulera, « des petits nains encore plus noirs que les autres indigènes, de vrais diablotins qui sautillent comme des sauterelles, on dit qu'ils massacrent tout sur leur passage, qu'ils pillent, qu'ils brûlent, ils mangent tout ce qui leur tombe sous la dent, les vaches, les chèvres, et même, peut-être, quelques humains ».

Le 14 août, une caravane de ravitaillement destinée aux pères tombe dans une embuscade tendue par les guerriers de Muhumuza. Après la capture de la caravane, « la sorcière est venue en personne sermonner les porteurs et leur faire ses prétendus tours de magie. Les rescapés rapportent que son visage était dissimulé derrière un voile de tissu d'écorce, mais qu'on devinait ses yeux qui rougeoyaient comme des braises et que sa voix était comme le rugissement d'un lion ».

Le dimanche soir 20 août, le père Régis tient une conférence pour informer les pères de la mission des informations qu'il a pu recueillir sur la « sorcière » : « *D'après la légende, dans des temps très anciens, une certaine reine du Mpororo, appelée Kitami, commandait à une tribu de femmes, comme chez les païens grecs leurs Amazones qui, pour mieux tirer à l'arc, se coupaient le sein droit... La reine Kitami sacrifiait des victimes humaines sous son tambour sacré. On ne sait pas pourquoi Kitami a perdu son tambour, on ne sait qui l'a tuée ou si elle s'est donné la mort et pourquoi, mais elle est devenue une sorte de déesse qui porte le nom de Nyabingui. Et depuis ce temps beaucoup de femmes sont possédées par l'esprit de Kitami, devenu Nyabingui, ce qui leur donne de grands pouvoirs magiques, surtout de malfaisance. La secte est très puissante au Mpororo : des femmes ont pris le pouvoir comme des reines, mais ces reines, leurs sujets ne les voyaient jamais, ce qu'ils connaissaient d'elles, c'était une voix qu'on entendait derrière un voile de tissu d'écorce et chaque fois que l'une d'elles était couronnée, on écrasait une victime sous le tambour.* »

Bien sûr, je me rendais compte que tout ce que disait le savant père Régis, je le savais déjà, mais c'était comme si une autre voix venue d'au-delà du temps me confirmait le chemin que j'avais suivi et m'indiquait celui que j'allais prendre. Plus loin encore dans le journal, ce que je lus m'en donna la certitude : c'était à moi à présent de prendre place dans la légende de Nyabingui, comme l'avait fait Muhumuza.

Le père Régis s'est demandé s'il n'y avait pas une mais deux sorcières. « *Car*, disait-il, *il y en a une qui joue la reine Kitami, celle-là fait la mystérieuse : durant ces rares audiences qu'elle accorde à ses fidèles, elle leur parle cachée derrière un paravent de vannerie, son regard risquerait, à ce qu'ils croient, de les foudroyer ; elle rend ses oracles d'une voix de ventriloque qui, selon ses dévots, est celle des esprits des morts. Elle ne se déplace que hissée sur un palanquin, abritée sous une natte en forme de tonnelle. Mais quelques-uns affirment que, certaines nuits de pleine lune, elle apparaît, de colline en colline, sous la forme d'une très belle jeune fille, aux vêtements tout clinquants de perles. Elle serait précédée d'une meute de léopards et suivie d'une fourmilière de Pygmées. Les légendes les plus absurdes prolifèrent à son sujet : elle commanderait à des lions qui, à son appel, dévoreraient ceux qui lui auraient manqué de respect. Il est question aussi d'un pilon pour broyer les ennemis : si elle le brandit vers les fusils, les balles se changent en eau. Tous ses partisans comptent beaucoup sur cette arme fatale et sont prêts à affronter les troupes européennes, qu'elles soient allemandes ou anglaises.*

» *Mais Nyabingui, l'autre sorcière, ce que l'on raconte sur elle, c'est tout le contraire. Elle prendrait l'apparence d'une vieille femme voûtée qui se déplace appuyée sur deux bâtons. On viendrait de loin en foule pour la consulter : tous ceux qui veulent jeter un sort sur leurs voisins ou tous ceux qui veulent conjurer celui qui pèse sur eux, tous ceux qui ont une maladie et qui pensent que c'est la même Nyabingui qui l'a provoquée, et surtout les femmes en mal d'enfants – ici c'est la honte de ne pas avoir d'enfants, ou de ne pas en avoir assez, ou même de n'avoir que des filles –, ces pauvres femmes s'imaginent qu'il suffirait de toucher Nyabingui ou même de tout juste effleurer son vêtement d'écorce pour devenir féconde. J'imagine les bousculades…*

» *Mais,* a conclu le père Régis, *ce que je ne comprends pas, c'est que Kitami, c'est Nyabingui et c'est Muhumuza.*

» Et moi, frère Rogatien, je dis : chez le diable, il n'y a rien à comprendre. »

Au début du mois de septembre, la rébellion progresse toujours. Elle répand la terreur dans tout le Mpororo, au Rwanda et dans le Kigezi chez les Anglais. Elle incite les paysans à arracher les poteaux qu'a plantés la commission.

À la demande des commissaires, leur escorte a été renforcée. Le résident impérial va envoyer une mitrailleuse. Une grande opération se prépare contre les rebelles. Muhumuza aurait établi son camp quelque part dans la montagne, vers Kagarama. Ses partisans ont construit un vaste enclos pour les vaches qu'on lui offre en tribut ou celles qui ont été razziées aux chefs qui refusent de se soumettre. Le troupeau serait immense, d'autant que, selon une vieille légende qui court depuis la nuit des temps au Mpororo, le bétail sortirait sans discontinuer d'une grotte dans laquelle Muhumuza aurait retrouvé le tambour de la reine Kitami. Muhumuza posséderait à présent ce tambour qui contient l'esprit de Kitami et serait source de toute sa puissance.

Relisant les extraits de ce carnet que j'ai recopiés, je suis troublée et je me demande : tout ce qu'écrit le frère Rogatien, l'ai-je déjà vécu, étais-je derrière le voile de ficus qui dissimulait Muhumuza ? est-ce la fumée qui s'élevait du brasier de feuilles qui se consumaient dans la case de la vieille Nyabingui qui m'a transportée auprès du tambour d'où jaillit ce chant d'abondance ?

Le 7 septembre, un peloton de la *Feldcompagnie* d'askaris est de passage à la mission. Le frère admire la discipline que fait régner le lieutenant Weis sur ces nègres aux uniformes et à l'équipement impeccables. Le lieutenant ne s'attarde pas à la mission. Simple visite de courtoisie. Il a voulu surprendre Muhumuza et s'emparer de sa « capitale et de ses palais ». Peine perdue : la sorcière, bien renseignée, avait déjà détalé. Elle avait passé la frontière et s'était réfugiée en territoire anglais. Le lieutenant enrage de ne pouvoir la poursuivre. Il espère que la population ne va pas tarder à se lasser de la tyrannie qu'elle fait régner sur le pays, car il est certain qu'elle enlève des jeunes filles pour en faire ses esclaves ou des possédées comme elle. Le lieutenant informe enfin les pères qu'un fort, un boma, va être construit à proximité de la mission. Il y aura une petite garnison en permanence. Le frère commente : « Le père supérieur ne semble pas envisager d'un bon œil le voisinage des askaris dont les mœurs sont souvent corrompues et qui, de plus, vont répandre les simagrées des mahométans et feront circoncire les bâtards qu'ils auront de leurs concubines. »

Dès lors, le frère Rogatien ne cache pas sa déception. Il n'a plus guère de chances de mourir en martyr, lui qui avait rêvé de voir son image sur le grand vitrail de l'église paroissiale de Saint-Loup-sur-Thouet auprès de celle du bienheureux Théophane Vénard. Muhumuza s'éloigne, elle et sa troupe ont établi leur campement face au fort anglais de Koumba. On dirait qu'elle veut défier les Anglais. « Peut-être, ironise le frère Rogatien, qu'elle a vraiment confiance dans ses pouvoirs diaboliques, qu'elle croit que son pilon magique va changer les balles de fusil en eau. Les guerriers de Muhumuza crient en allant au combat : *Amazi gusa! Amazi gusa!* "Ce n'est que de l'eau, que de l'eau!" Les malheureux, ils vont être bien déçus. »

La dernière notation portée par le frère Rogatien sur son carnet décrit la défaite et la capture de Muhumuza, le 28 septembre 1911 : « On vient d'apprendre qu'il y a trois jours, c'est-à-dire le 28 septembre, la sorcière a été capturée. Son campement a été encerclé et attaqué par surprise, mais la bataille aurait duré quand même six heures. Du côté anglais, il y avait un canon et soixante-six fusils qui, eux, ont tiré de vraies balles et pas de l'eau. On compte de nombreux morts parmi les rebelles et les guerriers des chefs indigènes n'ont pas fait de quartier et ont achevé les blessés. La sorcière a été blessée et déportée. Le mouton sacré et autres fétiches ont été brûlés, mais le fameux tambour a disparu. Les derniers fidèles de Mouhoumousa auraient été le cacher dans la montagne. On a exposé les têtes de quelques meneurs à la porte du fort, mais on dit que les principaux ont réussi à s'échapper. La sorcière a été déportée loin du Kiguezi et de la frontière rwandaise. On va peut-être la juger et sans doute la pendre ou la brûler. »

Le carnet du frère Rogatien s'interrompt là brusquement. Mais, moi, je sais bien que Muhumuza n'a pas été pendue, car Nyabingui ne meurt jamais et elle prend toujours qui elle veut. Et moi, Prisca, j'aimerais pouvoir vous le dire, père Régis, frère Rogatien : je suis Kitami, je suis Nyabingui…

Le père Martin, toujours inquiet à mon sujet, m'envoyait régulièrement de longues lettres surchargées de conseils, de recommandations, de directives, auxquelles j'étais instamment priée de répondre le plus rapidement et le plus exactement possible. Dans une de mes missives, je lui demandai s'il avait entendu parler d'un certain frère Rogatien. Il me répondit qu'il était un peu surpris que je m'intéresse à ce frère, dont il avait effectivement entendu parler, mais que c'était une histoire très ancienne, d'avant la guerre de 14. Tout ce qu'il savait, c'est que le frère avait plus ou moins dirigé les travaux de construction de l'église, qu'il avait laissé la réputation d'être très humble et un peu simple. Il était mort accidentellement, un drôle d'accident d'après ce que lui avaient raconté les anciens missionnaires : en 1916, quand les Belges avaient lancé leur offensive sur le Rwanda, le frère Rogatien avait été tué par une balle perdue. Personne n'avait jamais su si elle était belge ou allemande.

*

Je fus reçue à l'examen de fin d'études secondaires organisé au sein du lycée, et cet examen fut, comme il se devait, homologué par le ministère de l'Éducation nationale. J'obtins donc, comme la plupart de mes camarades, le diplôme des Humanités. Parmi les options proposées pour les études supérieures, je choisis l'université nationale de Butare. J'hésitais entre des études d'histoire ou de linguistique. Dans l'euphorie de mon succès, je me faisais des illusions, j'avais oublié que j'étais tutsi. Une lettre du ministère ne tarda pas à me le rappeler : en raison des quotas existants, l'entrée à l'université m'était refusée. Je devais attendre une éventuelle et hypothétique nomination dans un lointain collège comme professeur. Je me demandais si, comme des milliers de Tutsi l'avaient fait avant moi, il me faudrait, pour peu que l'occasion m'en soit donnée, choisir l'exil. Nous autres Tutsi, après les massacres de 1959 et 1960, nous savions bien que nous étions en sursis. Mais je n'étais pas encore décidée à partir. J'attendais un signe.

Pour célébrer mon succès, maman prépara son petit festin habituel. Mais le cœur n'y était pas. Papa se montrait morose, comprenant que celle sur laquelle il avait compté pour assurer ses vieux jours n'atteindrait pas la haute position sociale qu'il avait espérée et qui, selon lui, aurait garanti la sécurité et l'aisance de toute la famille. Cependant, il grommelait entre les dernières dents qui lui restaient quelque chose comme : « À moins que… Pourquoi pas ?… Si c'est notre malédiction à nous, les Tutsi… » Sous le sourire de ma mère, je lisais son angoisse. Pour elle, mes études ne pouvaient que m'amener le malheur. À cause d'elles, j'étais certainement devenue suspecte aux yeux des autorités et je traînais toujours, comme une ombre maléfique, cette réputation de sorcière qui faisait qu'elle était prudemment tenue à l'écart par beaucoup de femmes de notre colline.

Les négociations en vue du mariage de ma

grande sœur n'en finissaient pas, elle m'en rendait évidemment responsable : le fait que l'on me refuse l'entrée à l'université était un argument du côté de la future belle-famille pour renégocier à la baisse les exigences de papa concernant la dot de sa fille. Mes petites sœurs me demandaient que je leur parle en français. Je devins pour elles un manuel de conversation, un guide pratique qui leur permettrait un jour de s'orienter dans l'univers étrange des Blancs. J'essayais de leur faire acquérir quelques rudiments de lecture et d'écriture, je les aidais de mon mieux : les pauvres petites n'avaient plus qu'un triste rêve : devenir boyesse ou nounou chez un Blanc.

Un peu plus d'une semaine après mon retour, je reçus du bourgmestre une convocation que le planton de la commune, prenant un air de solennité menaçante, me tendit du haut de son vélo. L'audience était fixée, non pas au bâtiment communal, mais au domicile du bourgmestre, une villa, ancienne résidence de l'administrateur belge. Un boy me fit entrer dans le grand salon aux murs peints aux couleurs nationales. Il m'indiqua une chaise placée face à une rangée de fauteuils. J'attendis une heure sans oser bouger de ce siège raide, m'efforçant de ne pas fixer le portrait plus grand que nature du président accroché au-dessus des fauteuils. Le bourgmestre entra, suivi d'un homme aux lunettes rondes, vêtu d'un costume en toile kaki à col mao que l'on appelle ici «retrousson» et portant une petite mallette noire comme en ont les hommes d'affaires. Tous deux prirent place dans les fauteuils. Ils m'examinèrent un long moment, en silence, de la tête aux pieds. L'homme aux lunettes rondes ouvrit sa mallette noire qu'il avait posée sur ses genoux et en sortit ce qui devait être un dossier. Il fit un signe au bourgmestre.

«C'est toi Prisca? me demanda celui-ci.

— Oui, monsieur le bourgmestre, je suis Prisca.»

Le bourgmestre se lança d'abord dans un long discours de félicitations pour mes succès scolaires, s'étendant longuement sur les efforts que faisait la République pour favoriser l'éducation des filles et la promotion des femmes… Puis sur un nouveau signe de l'homme aux lunettes rondes, il en vint à ma personne.

«Nous savons que tu aurais désiré entrer à l'université mais tu sais bien que ce n'est pas possible. Il faut respecter le quota. C'est la loi de notre République et ce n'est que justice. Tu comprends : nous autres, nous sommes majoritaires, c'est Dieu qui l'a voulu ainsi, et cette majorité, il faut qu'elle soit respectée, partout, et aussi et surtout à l'université. C'est la loi du quota, c'est normal, c'est la justice, même les étrangers n'y trouvent rien à redire. Le militant qui est à côté de moi, il vient de Kigali, il travaille pour la sécurité du pays. Il surveille et il combat tous ceux qui complotent contre la République du peuple majoritaire, et ils sont nombreux, à l'extérieur comme à l'intérieur. Il va te dire ce que tu dois faire pour la République et tu vas… tu dois t'en réjouir… Et, de toute façon, tu ne peux qu'y adhérer. »

L'homme de la sûreté toussota, ouvrit son dossier et se mit à parler d'une voix douce :

« Prisca, tu vois ces papiers, ils te concernent, nous savons tout sur toi. Nous savons, par exemple, que tu es intelligente, trop intelligente même, la République du peuple majoritaire n'a pas besoin de Tutsi femmes savantes. Mais la République peut aussi avoir besoin de quelques-unes d'entre vous, de celles qui ont échappé à notre vigilance, qui, comme toi, ont fait les études qu'elles n'auraient pas dû faire ; toi, tu les as faites à cause d'un missionnaire blanc, et nous nous doutons bien de quelle manière tu as su l'envoûter. Vous, les filles tutsi, vous êtes les plus redoutables, vous savez toujours séduire pour servir votre cause, vous plaisez aux Blancs et vous en profitez pour dénigrer le peuple majoritaire et dresser les Blancs contre nous. Alors, pourquoi ne seriez-vous pas aussi utiles à notre République ? Il est bon pour nos diplomates d'avoir des femmes comme vous et qui charment les Blancs. Alors tu vas employer tes charmes vénéneux doublés de ton intelligence à notre service. On va te donner pour femme à l'un des nôtres, tu seras sa charmante épouse et tu lui feras des enfants hutu, et toi, bien que nous sachions qu'au fond de toi-même tu resteras toujours un cafard, un inyenzi, tu vas quand même devenir une Hutu, tu sais bien qu'une fois mariée une femme perd sa race, son clan, qu'elle prend la race, le clan de son mari. Nous allons te trouver un bon mari, il y en a encore de notre côté qui sont fiers d'épouser une Tutsi, on va les contenter, on ne pourra pas dire que nous sommes racistes…

— Mais, je…

— Ne dis rien, tu n'as pas à répondre. Nous savons tout sur toi. Nous savons aussi que tu es une sorcière. Ce n'est pas bien de jouer la sorcière. C'est puni par la loi. Sévèrement puni. Il ne manquera pas de témoins pour énumérer ceux et surtout celles, les malheureuses, que tu as empoisonnés, des camarades de ta classe seront prêtes à témoigner. Il y a des prisons au Rwanda et même des prisons d'où on ne revient pas… Tu as entendu, enfonce bien ça dans ta tête et, si tu es vraiment une sorcière, ne compte pas sur tes maléfices, nous aussi, nous avons de quoi les contrer. Tu vois, tu ne peux qu'accepter le beau parti qu'on va t'offrir. Tu seras l'épouse d'un ambassadeur, pourquoi pas d'un ministre, il y a tant de belles filles des nôtres qui voudraient partager ton sort…

— Tu as entendu, dit le bourgmestre, bientôt tu auras un mari, une belle maison comme les Blancs, un frigo, des fauteuils comme ici. Que peux-tu rêver de plus ? Tu auras un mari qui est assuré de vivre. Je vais traiter l'affaire avec ton père et ce ne sera pas long. Il n'aura qu'à dire oui. Jusque-là, ne dis rien et ne fais pas la sorcière, on te surveille. »

On ne le savait que trop : certains dirigeants hutu considéraient les jeunes filles tutsi comme des prises de guerre à la disposition des vainqueurs de la « révolution sociale ». Ils allaient faire leur marché dans les familles tutsi qu'on soumettait à toutes sortes de menaces si elles ne leur livraient pas les filles convoitées. C'était encore curieusement une source de prestige pour un notable hutu que d'épouser une Tutsi : on pouvait l'exhiber comme un trophée ; le Président lui-même n'avait-il pas une femme tutsi ? Les mauvaises langues prétendaient que des pères tutsi n'hésitaient pas à marchander une de leurs filles pour assurer la sécurité de la famille. Je ne voulais pas croire que mon père en fût capable. Après tout, il était possible que l'audience chez le bourgmestre en présence de l'homme de la sûreté ne fût qu'une mise en scène pour m'intimider, m'inciter à quitter le pays. Mais c'était peu probable. En tout cas, m'enfuir du Rwanda était la seule issue qui me restait. Et ce choix de l'exil, je l'acceptais parce que j'avais le sentiment que c'était Nyabingui qui m'y conduirait, qu'elle avait tissé mon destin, destin que je ne discernais pas encore mais auquel je ne pourrais échapper et que j'acceptais comme une fatalité sereine.

*

La nouvelle s'était propagée tel un feu de brousse à toute la colline, à toute la commune et, sans doute, à toute la province. C'était maman qui, encore toute secouée par l'émotion, l'avait apportée jusque chez nous. « Des Américains, ils sont arrivés, ils sont là, tout près d'ici, dans le Boma… des Américains ! »

Je ne compris pas bien d'abord l'émotion de maman : des Américains, elle en connaissait déjà. Il y avait les pasteurs, pentecôtistes, adventistes, baptistes, quakers… Ils étaient sans doute très riches puisqu'ils étaient américains et leurs missions paraissaient bien plus propres que celles des catholiques, mais dans quelle Bible américaine avaient-ils lu que Dieu avait interdit de boire de la bière de sorgho ou de banane et même de la Primus, cet élixir de paix sans lequel on ne peut lier amitié ou se réconcilier avec son voisin ? Et il y avait aussi les volontaires du Peace Corps, de beaux jeunes gens blond et rose mais qui refusaient de toucher à toutes nourritures humaines, c'est-à-dire aux haricots et aux bananes qu'on leur offrait avec gentillesse, tant ils étaient fragiles, ces beaux jeunes gens rose et blond. Ces Américains-là, on les connaissait, mais ceux dont maman parlait sans les avoir jamais vus, ils étaient noirs, des Américains noirs, comme on n'en avait jamais vu ni jamais imaginé. Et puis, il n'y avait pas que ça, il y avait aussi leurs cheveux, des cheveux qui ressemblaient aux cornes du diable et peut-être que c'étaient vraiment des diables puisque certains, bien renseignés, lui avaient confié que c'étaient vraiment des buveurs de sang humain qui venaient capturer les enfants pour les débiter et prendre leurs petits cœurs tout neufs pour les revendre aux vieux Blancs qui avaient de l'argent, beaucoup d'argent, mais dont les vieux cœurs usés n'allaient pas tarder à cesser de battre. Et c'étaient évidemment des sorciers : ils possédaient des tambours, ils en jouaient comme des démons déchaînés toute la nuit et les jeunes filles étaient irrésistiblement attirées par leurs battements, si bien qu'il avait fallu tenir enfermées celles qui habitaient trop près du Boma.

Maman recommanda à ses filles de ne pas s'approcher d'eux, de ne pas répondre à leur salut si elles les croisaient au marché, car ils faisaient preuve de beaucoup trop de politesse, surtout à l'égard des filles sans pudeur, et de refuser les bonbons et, bien sûr, les cigarettes qu'ils distribuaient à tous les passants sans qu'on leur ait rien demandé. « Quant à toi, Prisca, conclut maman, je sais bien que tu n'en feras qu'à ta tête, mais ne va pas encore ajouter aux malheurs que tu as déjà accumulés sur notre famille. »

Personne, pas même maman, n'aurait pu m'interdire d'aller rôder autour du Boma.

Ce vieux fort avait, dit-on, été bâti par les Allemands, ce que m'avait confirmé le carnet du frère Rogatien, puis les Belges l'avaient quelque peu transformé pour y installer les bureaux de l'administration, lesquels furent abandonnés peu avant l'indépendance pour un bâtiment plus fonctionnel. Le Boma avait alors servi de remise pour les matériels de la commune, quelques anciens bureaux devenant cependant des chambres d'hôte. Le bourgmestre avait le projet d'en faire un jour un hôtel où il rêvait de recevoir des touristes en quête d'étape originale sur la route entre le parc de l'Akagera et ceux d'Ouganda, de Tanzanie et du Kenya. Il espérait qu'un jour des hommes d'affaires européens s'intéresseraient à son projet et, comme je l'appris ensuite, c'est pour cette raison que, malgré leur apparence hirsute, il avait reçu, avec beaucoup d'empressement, les « Américains » que lui adressait le ministère du Tourisme à Kigali qui ne savait qu'en faire. Il leur loua donc le Boma pour deux mois, à un prix tout à fait exorbitant, et leur fournit un personnel chargé de satisfaire leurs moindres désirs mais surtout de les espionner car il n'avait pas été sans remarquer avec inquiétude que l'un de ces « Américains » parlait kinyarwanda et avait toute l'allure et même, quand il enlevait son bonnet de laine, la coiffure d'un Tutsi. Ceux-ci lui expliquèrent qu'après une longue tournée à travers tout le continent ils voulaient faire le point, se ressourcer au cœur de l'Afrique, ce qu'était pour eux le Rwanda, et préparer, loin de toute influence, le spectacle qu'ils présenteraient au monde entier et dont ils donneraient la primeur à Kigali.

J'errais depuis quelques jours autour du Boma

sans oser en franchir le grand portail quand je vis accourir vers moi un de ces «Américains». Il était très grand et, torse nu, exhibait avec ostentation une impressionnante musculature. Ses cheveux étaient taillés en touffes géométriques selon l'ancienne coiffure traditionnelle qu'on appelle amasunzu et que personne à présent n'osait plus arborer. Je lui demandai s'il était rwandais. Il me répondit dans un kinyarwanda élégant qu'il était ougandais et américain, mais qu'il se considérait aussi comme rwandais, ce qu'il me demandait de ne pas répéter. Il m'expliqua que, longtemps auparavant, sa famille avait été partagée par le tracé de la frontière, son grand-père se retrouvant côté anglais et la plupart de ses grands-oncles en territoire allemand, c'est-à-dire dans l'actuel Rwanda. Ses parents, côté Ouganda, étaient décédés, il avait revu ses frères et ses sœurs dispersés à Kampala et à Nairobi, mais il ne voulait surtout pas rendre visite aux quelques survivants de sa famille rwandaise de peur de leur attirer des ennuis. Il se lança ensuite dans un long éloge de la beauté des Rwandaises dont j'étais un merveilleux spécimen. Je n'étais pas dupe de ce vers quoi tendait ce discours trop convenu et j'éclatai de rire, ce qui sembla un instant le décontenancer.

Je lui demandai s'il était vrai, comme on le racontait, que lui et ses compagnons jouaient du tambour. Il me dit que oui, mais que leurs tambours n'étaient pas comme ceux du Rwanda, ce qu'il semblait regretter car, lui, était un vrai tambourinaire, un mutimbo, et il espérait bien un jour pouvoir frapper un vrai tambour ingoma. Il m'invita à venir voir leurs tambours.

Je le suivis à l'intérieur du Boma. Dans la grande cour étaient garées quatre grosses Land Rover, à l'ombre desquelles, sur un tapis élimé, étaient allongés six hommes vêtus d'une salopette tachée d'huile et de poussière. Ils me saluèrent avec un grand respect. Je remarquai qu'ils tenaient à la main de petits bouquets de feuilles vertes et quelques-uns avaient une joue bizarrement gonflée. Autour d'eux, étaient éparpillés des bouteilles de Coca-Cola et des paquets de cigarettes.

« Ce sont nos chauffeurs et nos mécanos, m'expliqua James, on les a engagés à Nairobi. Ils sont somali. Tu vois, ils mâchent leur khat ; ils broutent, comme ils disent. Ils faisaient partie de ces chauffeurs qui conduisent les camions-citernes qui ravitaillent le Rwanda et le Burundi en essence depuis Mombasa. Ce sont des as du volant. Avec la paye qu'on leur a offerte ils nous sont dévoués et fidèles, mais il leur faut du khat, et des feuilles fraîches s'il te plaît ! Ils s'en procurent à la frontière auprès de leurs collègues chauffeurs de citernes. Grâce à eux, nous avons pu éloigner discrètement tous les boys que le bourgmestre avait mis si libéralement à notre service, en fait, on l'a vite compris, pour nous espionner. Le bourgmestre n'a rien osé dire, il attend le reste du loyer payable à notre départ. »

James Rwatangabo, ainsi qu'il me dit se nommer, me conduisit dans une vaste pièce où étaient entreposés les tambours. Il me parut un peu déçu d'y trouver ses compagnons tambourinaires qu'il me présenta : Baptiste Magloire et Leonard Marcus Livingstone. Je compris en voyant la crinière sauvage de leurs tresses pourquoi les vieilles femmes de la colline les avaient pris pour des diables : ils étaient coiffés d'un nœud de serpents. Je constatai que Baptiste parlait français et Livingstone anglais, mais qu'ils communiquaient entre eux dans un mélange des deux langues sur un fond, comme je le sus plus tard, de divers créoles caribéens. On me présenta aussi le chef chauffeur, un Tigréen, qui avait été plus ou moins intégré à la troupe comme joueur d'une sorte de crécelle métallique dont tous étaient fiers et qu'ils appelaient un sistre et qui, m'apprirent-ils, datait du temps des pharaons. Un petit homme, au teint métis et aux cheveux plats, m'observait avec beaucoup d'attention : «Pedro, me dit-il, je suis le régisseur.» Chacun faisait assaut d'amabilités, s'empressant de me désigner et de nommer les différents tambours : jamaïcains ou guadeloupéens. Ils auraient voulu y ajouter un tambour authentiquement africain, rwandais pourquoi pas, si l'occasion se présentait de s'en procurer un.

«Tu sais qui nous sommes? me demanda Baptiste.

— À Kigali, j'ai entendu parler des rastas.

— Mais sais-tu que, lorsque nous allons au

marché, les vieilles femmes se signent et refusent de vendre leurs bananes aux shatani, et la nuée d'enfants qui nous suit pour avoir des bonbons ou quelques pièces de monnaie en implorant : *Amafranga, amafranga !* se disperse à toutes jambes dès qu'ils ont obtenu ce qu'ils réclamaient, en criant : *Abakorwa ! Abakorwa !* "Ouh, les monstres, les monstres !"? Et toi, tu n'as pas peur ?

— Je ne crois pas que vous mangiez les enfants comme on raconte, mais peut-être que vos tambours ont quelque chose à me dire. »

Je savais bien qui m'avait inspiré cette réponse. Elle surprit les « Américains » qui ne surent trop quoi répliquer, mais elle parut intéresser Pedro qui me fixait avec de plus en plus d'intérêt :

« Tu sais chanter ?

— Quand j'étais encore une petite adolescente, j'ai chanté dans la chorale de la paroisse, des gospels, des blues…

— Il faudrait que tu viennes écouter nos tambours et que, nous, nous t'écoutions chanter, avec les tambours, ce serait bien… »

Les trois autres approuvèrent :

« Oui, oui, Prisca, il faut venir avec nous, demain soir, viens à la nuit tombée, nous ferons la *groundation*, il faut que tu sois là… »

Je ne me souvenais pas leur avoir donné mon nom et je m'apprêtai à refuser l'invitation, dissuadée par ce qui m'était arrivé le jour du festival du père Martin, quand l'autre voix qui parle en moi devança mon refus :

« Oui, je viendrai, c'est pour moi que vous battrez vos tambours.

— Tu es la reine, dit James, nos tambours battront pour toi. »

*

Dès que toute la famille se fut endormie, je me faufilai sans faire le moindre bruit vers le Boma en m'assurant que je n'étais pas suivie. Les « Américains » m'attendaient au pied des tambours. Les trois tambourinaires étaient assis en tailleur sur des matelas de mousse superposés. Ils fumaient d'étranges pipes comme je n'en avais jamais vu chez les fumeurs de pipe que je connaissais : ni chez les vieilles Rwandaises ni chez les professeurs blancs, généralement français et barbus. La salle était tout embrumée des volutes d'une fumée dont le parfum me rappela celui qui émanait de la coupelle de Nyabingui. Pedro, un peu à l'écart, était enfoncé entre les coussins d'un fauteuil, son carnet sur les genoux.

Livingstone me fit asseoir au milieu d'eux et m'adressa aussitôt un très long discours dans un français approximatif que Baptiste traduisait et commentait en voix *off* pour les passages les plus obscurs. James, quant à lui, ponctuait de son gros tambour les phrases emmêlées de Livingstone et de Baptiste.

De mon côté, je sentais que peu à peu m'envahissait cette béatitude languide que j'avais déjà éprouvée dans la hutte de Nyabingui. Alors que j'écoutais l'interminable discours de Livingstone, mes pensées dérivaient vers ces rêveuses contrées où j'avais toujours trouvé refuge et consolation.

« Comme tu le vois, disait Livingstone, nous sommes des rastas, mais pas n'importe quelle secte, comme ces rastafaris qui lisent la Bible à l'envers et exigent que leurs femmes portent le voile selon ce qu'a écrit saint Paul, ou qu'elles restent enfermées pendant leurs règles. Nous, nous appartenons à l'ordre de Nyabinghi, la branche la plus ancienne du rastafarisme, et notre seule loi c'est la liberté. Les rythmes de nos tambours viennent tout droit de ceux que les esclaves qui s'étaient libérés eux-mêmes, les marrons, frappaient sur les mornes inaccessibles aux planteurs, à leurs chiens et à leur chiourme. Nous sommes des nègres libres comme le furent nos ancêtres qui choisirent de mourir libres plutôt que de vivre dans la servitude. Notre foi rastafari affirme que notre Dieu noir s'est incarné dans le corps noir du ras Tafari, devenu Haïlé Sélassié Ier, Roi des rois, empereur d'Éthiopie, Lion de Judah. Je sais qu'il y en a qui disent que le Négus n'est qu'un vieux tyran sénile et James, qui n'a jamais eu la foi, n'est pas loin de le penser mais, chez les nyabinghi, chacun est libre de suivre ce que lui inspire son esprit, et Pedro peut bien croire en les orichas de son île, et Baptiste nous embrouiller avec les esprits du vaudou, chacun est libre, c'est l'esprit de Nyabinghi.

» Et toi, Prisca, connais-tu Nyabinghi ? Nous sommes venus jusqu'ici parce que James nous a affirmé que c'était le pays de Nyabinghi. Le nom de Nyabinghi, je ne sais comment il est parvenu jusque sur mon île, la Jamaïque. Ce que nous savons, c'est que c'était une reine, la reine Nyabinghi, et même d'autres prétendent qu'elle serait l'incarnation d'une déesse des pharaons, une déesse à tête de lionne. Il y a peut-être un peu de ganja dans tout ça. Mais on sait que Nyabinghi a combattu les colonialistes. Peut-être que son nom voudrait dire "Victoire à tous les Noirs" ou encore "Mort aux Blancs", "Libération pour tous les nègres", ce qui est sûr c'est qu'elle a combattu les Anglais, les Allemands, les Belges… C'est tout ce que nous avons appris de Nyabinghi… J'ai trop parlé… Maintenant, c'est au tour des tambours. On les bat pour toi, Prisca. »

Le nom de Nyabingui m'avait soudain tirée de la torpeur distraite dans laquelle m'avaient plongée les fumées des pipes et le duo entremêlé des deux tambourinaires. Mes pensées affolées s'étaient mises à bondir d'une hypothèse à l'autre. Était-ce James qui avait introduit dans le groupe le nom et des bribes d'histoire de Nyabingui ? Y avait-il des abaguerwa en Amérique ? L'esprit de Nyabingui s'était-il embarqué sur l'un des vaisseaux de la traite ? Avait-il trouvé refuge dans les tambours des rastas ? Autant de questions sans réponses. Ce dont j'eus brusquement la certitude, c'était que ces rastas qui se donnaient le nom de Nyabingui n'étaient venus jusqu'ici que pour moi seule, que leur périple africain ne pouvait aboutir que dans ce coin perdu de l'Afrique parce que je les y attendais, car c'était Nyabingui qui tissait inlassablement mon destin et peut-être le leur.

Les tambourinaires et surtout Pedro, le régisseur, avaient sans aucun doute tramé ce complot musical, mais n'était-ce pas plutôt Nyabingui ? En tout cas, dès le signal donné par Livingstone, chacun d'eux se précipita vers le tambour qui lui avait été assigné. Ils avaient choisi les tambours ka de la Guadeloupe. Baptiste était au maké, le tambour soliste, Livingstone et James aux boulas. Ils débutèrent par un long roulement monocorde où dominait le battement sourd et régulier des deux gros tambours. Leur grondement grave et profond emplissait peu à peu tout mon corps, résonnait au creux de mon ventre, comme si, peu à peu, venait s'y implanter une autre vie, comme si, dans la vacuité de mes entrailles, allaient et venaient les pulsations d'un cœur étranger et pourtant familier.

Le petit tambour de Baptiste se détacha soudain du battement continu des deux boulas. Il se lança dans une improvisation aux sonorités aiguës, de plus en plus rapides, dont les subtilités rythmiques se rapprochaient d'un langage articulé. Je comprenais que le petit tambour s'adressait au cœur nouveau qui battait en moi et, sous son impulsion, comme soulevée de terre, j'entendis naître dans ma bouche, issu du plus profond de mon corps, ce Chant qui me serait désormais euphorie et douleur. Cette fois, personne n'était là pour l'interrompre, au contraire : les tambours boula le soutenaient, le tambour maké l'encourageait, lui faisait des avances, lui lançait des défis auxquels le Chant répondait par une surenchère de provocations. Je m'émerveillais et je m'effrayais de tous ces mots inconnus qui devenaient chant, mélodies et dissonances, jubilation et déploration.

Combien de temps cela a-t-il duré ? Je suis bien incapable de le dire et quand, épuisée, j'allais m'effondrer, Pedro était déjà là, qui me retenait par les épaules et me conduisait avec une infinie douceur jusqu'au grand fauteuil où il était assis auparavant.

Lorsque je repris mes esprits, je vis, assis sur les matelas, en sueur, l'air hébété, les trois tambourinaires qui me considéraient avec un étonnement mêlé d'un je-ne-sais-quoi de respect et de crainte.

Pedro, assis à mes pieds, me fixait avec un enthousiasme qu'il lui était impossible de contenir :

« Étonnant ! Magnifique ! C'est elle ! C'est elle qu'il nous faut enfin : Prisca, tu fais déjà partie de la troupe. Tu dois nous suivre, venir avec nous, j'arrangerai tout ça. On ne peut pas rater ça. Avec un peu de travail, ce qu'il faut d'adaptation, de mise en scène, en apprenant à maîtriser ta transe... Ce sera un triomphe... Je vois déjà les affiches... et ton portrait lumineux sur Times Square ! Quel triomphe ! »

Après cette « nuit du destin », comme j'aimais l'appeler, je passai le plus clair de mon temps au Boma auprès des « Américains ». Pedro avait exposé son projet me concernant aux trois autres et avait obtenu bien évidemment leur approbation immédiate et enthousiaste. Il décrivait la future formation : saxophone, contrebasse, cha-chas et sistres récupérés en Éthiopie, choristes et bien sûr en vedette moi, Prisca, et les trois tambours. Baptiste, qui, outre le vaudou, avait sans doute fréquenté de loin des évangélistes, déclara qu'il faudrait quand même tempérer un peu cette « Pentecôte sauvage » qui s'était déchaînée en moi. Livingstone déclara sur un ton prophétique : « Prisca, du fond de ton ventre montent les vraies paroles. C'est le Chant de Nyabinghi : le monde entier s'arrêtera pour l'écouter. » James me regardait d'un air entendu et me prit à part pour me confier : « Moi, je suis Rwatangabo, je suis aussi rwandais, je sais qui tu es, je sais quel esprit habite en toi, tu es une umuguerwa, c'est Nyabingui qui se loge en toi. C'est moi qui ai guidé la troupe jusqu'à toi. » Je me gardai de le démentir et je compris bientôt qu'il avait mis toute la troupe au courant car Livingstone me proposa de prendre Nyabingui comme nom de scène.

Que je sois possédée par un esprit ne semblait ni les inquiéter ni les impressionner : ils considéraient qu'ils avaient trouvé en ma personne la vivante racine de l'ordre de Nyabinghi. Je refusai toutefois de porter ce nom qui, au Rwanda, était un autre nom du diable mais, quand je montrai à Pedro les dessins que m'avait laissés Julien et que je gardais précieusement cachés dans la valise qui, à la maison, me servait de garde-robe et de bibliothèque, celui-ci, dès que je lui révélai que j'y étais figurée sous le nom de reine Kitami, bondit aussitôt d'enthousiasme : « Mais oui, tu es Kitami, tu seras la reine Kitami, je vois déjà des affiches géantes à Broadway, nous tenons ta légende, et quelle légende : au cœur de l'Afrique, la reine des Amazones noires ! Sais-tu comment retrouver ton ami Julien et sa BD ? Sais-tu si sa BD a été éditée ? » Je dus lui avouer que je n'avais aucune nouvelle de Julien et de sa bande dessinée mais que j'acceptais de prendre pour la scène le nom de Kitami. Ce nom me revêtait, me semblait-il, d'une sérénité souveraine. J'étais impatiente de suivre le nouveau destin qui s'offrait à moi.

Chaque soir, je participais aux répétitions dans le Boma, les tambours battaient et appelaient le Chant à fondre sur moi. Ils n'y réussissaient pas toujours mais, quand le Chant prenait possession de mon corps, je dansais comme je n'avais jamais osé le faire auparavant : une danse au rythme lent qui me faisait flotter au gré d'un souffle léger ou qui, au contraire, me secouait, me ployait, me tordait, menaçait de me jeter à terre comme un arbre dans la tornade. Je m'abandonnais au Chant et à sa danse mais je ne m'en sentais pas captive, il m'était maintenant libération et plénitude et j'osais défier celle qui avait voulu faire de moi la sorcière de la colline : « Nyabingui, Nyabingui, de toi ou de moi, quelle est la possédée ? »

Les « Américains », et en particulier James, voulaient tout savoir de Nyabingui, dont le groupe s'était attribué le nom. Je leur contai, peut-être avec quelques embellissements, la révolte de Muhumuza comme le carnet du frère Rogatien me l'avait fait entrevoir. De la reine Kitami, je ne connaissais que ce qu'en avaient révélé mes rêves et leurs incarnations dans les dessins de Julien. Pedro prenait infatigablement des notes. On élaborait sans cesse de nouveaux plans pour me faire franchir clandestinement la frontière avec le Burundi. James et le chauffeur tigréen furent envoyés en éclaireur pour découvrir une piste à travers la savane du Bugesera ou les marais de la Nyabarongo qui éviterait les postes frontières. Ils découvrirent plusieurs passages et se retrouvèrent à Kirundo au Burundi sans rencontrer la moindre barrière ni un seul policier.

James n'avait qu'une préoccupation en tête, retrouver le Tambour dont lui avait parlé son vieux maître, le berger des tambours : un tambour avec un cœur. Il était persuadé qu'il avait pour mission de le sauver.

Quand il eut une crise de paludisme, il m'appela à son chevet :

« Tu es une umuguerwa, je sais que tu possèdes

le pouvoir de guérir. Touche-moi, chasse cette mauvaise fièvre ! »

J'apposai mes mains sur son front brûlant, mais j'allai tout de même au dispensaire pour me procurer quelques cachets de Nivaquine.

La guérison de James me fut unanimement attribuée, en particulier par les chauffeurs qui venaient presque chaque jour me consulter sous divers prétextes : petites blessures, malaria, crainte d'être trompé par l'épouse laissée au Kenya, mauvais œil et même ennuis mécaniques avec l'une des Land Rover.

J'aimais la compagnie de Mickaël, le Tigréen qui chantait de mélancoliques ballades en amharique ou en tigrinya en les accompagnant du bruissement d'insecte d'un sistre. Nous conversions dans un anglais hésitant parsemé des mots français qu'il avait recueillis depuis qu'il faisait partie de la troupe. Je lui soumettais les souvenirs que j'avais gardés des hymnes liturgiques que j'avais lus dans les papiers du père Régis. Il les reconstituait plus ou moins en les comparant à ceux qu'il avait entendus dans les églises de Gondar. J'essayais de mon mieux d'imiter la prononciation. Il m'avoua que lui aussi, au Tigré, il avait eu affaire aux esprits que, chez lui, on appelle les zars. L'un d'eux avait voulu faire de lui son cheval. Mais il était allé chez un saint moine guérisseur qui lui avait fourni un rouleau magique sur lequel avait été peint le sceau de Dieu. Il le portait toujours sur lui et ce talisman le protégeait des attaques des zars qu'il sentait toujours rôder autour de lui. Il me montra une longue bande de parchemin sur laquelle étaient peints des anges aux ailes de flammes. Il me proposa de me donner un morceau de son rouleau protecteur. Je le remerciai de sa générosité mais je lui répondis que je m'étais rendue maîtresse de l'esprit dont j'étais l'élue, il était mon guide et il me conduirait là où moi aussi je voulais aller. Il me considéra désormais avec autant d'admiration que d'inquiétude : « Peut-être bien que tu ressembles à la reine Makeda, me confia-t-il un jour, celle qui est allée chez Salomon et qui l'a séduit, oui, peut-être bien... Mais prends-moi avec toi, je te suivrai partout où tu iras et mon sistre soutiendra ton chant. Tu sais ce que l'on raconte chez moi : le son du sistre est semblable au froissement des ailes des séraphins au paradis. » Je lui jurai que je saurais convaincre les autres de le prendre avec nous.

Pedro, dès que je me trouvais seule avec lui, me harcelait de déclarations enflammées dans le style pompeux qui lui était propre. Il jurait qu'il me connaissait avant de m'avoir vue dans toute ma beauté de chair et d'os, car si, au Rwanda, j'étais Nyabingui et bientôt, grâce à son génie de la mise en scène, la reine Kitami qui régnerait par son Chant sur le monde entier, chez lui, à Cuba, j'étais évidemment Ochun, l'oricha, déesse de l'Amour et des Femmes, à laquelle il s'était voué lors de son initiation à la santeria. Il l'avait immédiatement reconnue en moi et il ne parvenait pas à comprendre comment la déesse de l'Amour n'était pas encore tombée dans ses bras. À moins que je ne me prenne pour Notre-Dame du Cuivre, patronne de son île, derrière laquelle cette espiègle d'Ochun avait l'effronterie de se dissimuler, ce qui, dans mon cas, aurait été indéniablement sacrilège. J'en étais quitte pour me laisser voler quelques baisers et l'oricha, Ochun, déesse de l'Amour, n'avait pas de peine à se dégager des étreintes mal assurées du petit homme.

Pour Baptiste, j'appartenais à un autre panthéon : lorsqu'il avait séjourné à Haïti, il avait fréquenté les tambourinaires qui participaient au culte vaudou, il avait battu tambour avec eux, mais avait refusé d'être initié. Cependant ses amis batteurs, impressionnés par son talent, avaient tenu à le présenter à leur tambour sacré qu'ils dissimulaient à la vue du profane. Or, sur ce tambour, était peinte une très belle dame qui était la loa Ezili, elle aussi déesse de Toutes les Amours, et maintenant que j'étais là, devant lui, il était absolument convaincu que c'était moi, Prisca, qui étais représentée sur la caisse du tambour. Le tambour prophétique annonçait notre rencontre et sans doute la jonction fatale de nos destinées. Je m'enfuyais en riant avant qu'il n'ait le temps de nouer les premiers liens de cette jonction fatale.

À la maison où je n'allais plus guère, mon père, si par hasard je l'y trouvais, car, au Rwanda, un homme digne de ce nom n'a rien à faire au foyer, évitait de croiser mes regards et s'empressait de saisir le bâton du berger qu'il avait été autrefois pour reprendre ses interminables pérégrinations. Je surprenais ma mère à sangloter dans un pli de son pagne. Mes petites sœurs ne me posaient plus de questions et faisaient semblant de ne pas entendre les mots français que je prononçais tout exprès à leur intention. Seule ma grande sœur n'en finissait pas de me tenir au courant des avancées inespérées des négociations en vue, enfin, de son mariage.

Il ne m'était pas difficile de deviner les tractations en cours à propos du mien et les pressions que devait subir mon malheureux père pour livrer sa fille sous l'apparence d'un consentement rempli de gratitude. Il me fallait quitter le Rwanda au plus vite. Je devais convaincre les «Américains» de lever le camp avant qu'il ne soit trop tard – j'étais certaine que Pedro, l'homme aux mille ressources, avait son plan pour me faire passer les frontières. Si les négociations traînaient en longueur, les sbires du bourgmestre ou ceux de mon mari désigné pourraient bien organiser le rapt de l'épouse qui se faisait attendre. J'essayais de ne pas penser aux représailles que ma fuite pourrait attirer sur ma famille.

*

Ce matin-là, en sortant du Boma, j'aperçus un petit vieillard accroupi sous le grand portail. Il était très maigre, vêtu de fripes loqueteuses.

Quelques poils blancs clairsemés lui tenaient lieu de barbe. Un garçon d'une dizaine d'années se tenait debout à ses côtés.

Dès que je m'approchai, le gamin tapota l'épaule du vieux qui dirigea vers moi des yeux sans éclats d'aveugle :

« Jeune fille, connais-tu les "Américains"? Sais-tu leur parler?

— Oui, grand-père, je les connais, je leur parle.

— Veux-tu me conduire jusqu'à eux? J'ai à leur parler.

— Qu'as-tu à leur dire?

— C'est aux "Américains" que je veux parler. À toi fillette, je n'ai rien d'autre à dire.

— Ne t'inquiète pas, grand-père. Je vais te mener jusqu'aux "Américains". »

Le petit vieux se leva et posa son bâton sur l'épaule de son jeune guide, ils me suivirent dans la cour du Boma :

« Attends-moi ici, je vais chercher les "Américains". »

Je trouvai Livingstone et James dans la salle aux tambours et ils acceptèrent de recevoir le visiteur. Pedro nous rejoignit peu après.

James demanda au vieillard ce qu'il voulait. Celui-ci parut surpris qu'un « Américain » lui adresse la parole en kinyarwanda. Je le rassurai :

« Ne crains rien, c'est aussi un "Américain", tu peux lui parler.

— Voilà ce que j'ai à dire : depuis très longtemps, chez nous, il y a un tambour, il ne nous appartient pas, notre lignage en a reçu la garde.

Je suis Gahene. Je ne suis pas le maître du tambour. J'en suis son gardien jusqu'à ce que revienne celle qui nous l'a confié. Nous l'avons attendue, elle n'est pas revenue. Mais à présent, au Rwanda, on n'aime plus les tambours. Et peut-être que, si on le découvre, les militaires viendront le saisir et peut-être le détruire, et moi et ma famille avec. Le Président n'est pas un roi, il n'a pas de tambour; il ne supporte pas qu'il y ait des tambours. Mais si on détruit le tambour, cela portera malheur à notre lignage, nous serons considérés comme des rebelles, on nous jettera en prison bien que nous soyons des Hutu. Alors les anciens se sont réunis et ils ont pensé ceci : on a appris qu'étaient arrivés, pas loin, des "Américains", tout le monde sait que les "Américains" sont riches et qu'ils aiment les choses très anciennes. Et moi, j'ai entendu dire aussi que vous étiez des tambourinaires. Peut-être que vous voudrez de notre tambour, que vous pourrez le protéger et que vous nous donnerez quelque chose, un peu d'argent. Nous sommes pauvres, très pauvres, nous sommes des Hutu, autrefois, c'était nous qui cultivions le sorgho pour le muganura, la fête des prémices du sorgho à la Cour, on battait les tambours quand nous apportions le sorgho pour le mwami : c'était l'honneur de notre lignage, nous étions considérés, nous revenions de la Cour chargés des cadeaux du roi. Mais, avec les missionnaires et même avec les Hutu d'à présent, nous ne comptons pour rien, les abapadri disent que nous sommes des païens entêtés et le bourgmestre des traîtres à la démokarasi majoritaire. Alors, nous sommes prêts à vous confier notre tambour, vous les "Américains", vous aimez les tambours, vous protégerez, vous soignerez le nôtre et vous nous donnerez quelque chose…

— Et que faites-vous à présent de ce tambour ? demanda James.

— Nous prenons soin de lui. Nous l'enduisons d'un baume pour le préserver des vers. C'est notre secret. Et, quand il le faut, nous l'enduisons du sang d'un jeune taureau. Nous faisons ce que nous lui devons. Nous sommes ses serviteurs.

— Et quand le battez-vous ?

— Nous ne le battons pas. On nous en a confié la garde, il ne nous revient pas de le battre. »

Je ne pus m'empêcher de lui poser la question :

« Mais qui vous a confié ce tambour ?

— Je ne sais pas si je peux te le dire… C'est dangereux pour moi… pour toi…

— Qu'as-tu à craindre ?

— La vengeance de l'esprit… Ce tambour, c'était celui d'une reine… de l'esprit d'une reine…

— Je crois que tu veux parler de Nyabingui.

— Ne prononce pas ce nom, malheureuse, je ne l'ai pas entendu.

— Et moi, ne sais-tu pas qui je suis ?

— Toi ? »

Il se dirigea vers moi en tâtonnant, aidé par son petit pilote. Ses mains décharnées scrutèrent longuement et à plusieurs reprises mon visage puis tout mon corps.

« Toi… oui, peut-être… j'ai entendu parler d'une jeune fille… ce serait toi ?

— C'est toi qui l'as dit.

— Si tu es celle que je crois, alors le tambour t'appartient. C'est ce que nos pères avaient prédit : un jour la reine reviendrait parmi nous. Ils l'ont attendue. On disait qu'elle était prisonnière des Anglais. D'autres sont venus. Mais le tambour n'était pas pour eux. Viens, si tu es celle que tu dis, si le tambour t'accepte comme la reine attendue, nous te rendrons ton tambour. Nous lui avons été fidèles. Mais il faut que les "Américains" nous donnent quand même quelque chose, je ne réclame rien si le tambour est à toi, mais… »

James paraissait de plus en plus fébrile à mesure que parlait le vieux. N'y tenant plus, il devança toutes mes questions :

« Oui, oui, Gahene, nous irons chercher le tambour et nous te donnerons une bonne récompense, toi et ton lignage l'avez bien méritée. Mais, dis-moi, ton tambour a-t-il un cœur ?

— Comment le saurais-je ? C'est le secret du tambour. N'as-tu donc jamais entendu le proverbe : "Ce qu'il y a dans le ventre du tambour, seul son berger légitime peut le connaître." Je n'ai pas été voir dans le ventre du tambour, qui oserait ? Mais c'était le tambour d'une reine, les tambours des rois et des reines ont un cœur. »

J'interrompis l'interrogatoire de James :

« Oui, grand-père, le tambour d'une reine a un cœur. Nous irons voir le tambour, s'il me reconnaît pour sa reine, je l'emporterai et il sera sauvé. »

Pedro, qui avait pris des notes d'après ce que James et moi avions traduit de la discussion avec Gahene, jugea que c'était le moment d'intervenir :

« Le tambour du vieux, ça peut être intéressant. Il faut voir ça. Cela pourrait être comme le totem du groupe. Un emblème d'authenticité. C'est original. Il faut voir d'abord dans quel état il est avant de nous emballer, si les vers ne l'ont pas trop attaqué, ce qu'on peut en faire. Et puis, les choses ne se font pas comme ça : il faudra se garantir auprès des autorités, elles pourraient le confisquer : trafic d'antiquités, patrimoine national ! À tout le moins nous faire payer des droits exorbitants. Rappelez-vous l'Éthiopie. Il faut agir discrètement. On ne risque rien à aller voir. Et puis le vieux ne demandera pas grand-chose de son antiquité. »

Bien que les propos de Pedro fussent raisonnables, ils me mirent hors de moi :

« Mais vous ne comprenez pas, ce tambour, moi je sais ce qu'il vaut, je sais pourquoi on l'a caché : c'est le tambour de Nyabingui qui était alors Muhumuza, et Muhumuza disait que son tambour était celui de la reine Kitami. Ce tambour m'appartient. Je dois le protéger.

— Calme-toi, dit James, ce tambour, bien entendu, il est à toi : tu es la reine Kitami. »

Rendez-vous fut pris pour le surlendemain. Le vieux gardien du tambour nous enverrait le jeune garçon pour guide. Il serait plus prudent de partir à la nuit tombée en prenant bien garde de ne pas être suivi, « mais, ajoutait-il, avec vos grosses voitures américaines vous passerez là où les autres devront renoncer ».

Les adieux du petit vieillard furent interminables et touchants. Il m'étreignit très longuement, me palpant à nouveau le visage, le dos, les hanches, les seins. « Je crois que tu es une vraie umuguerwa, me souffla-t-il en se détachant de moi. J'ai trop vécu... Maintenant, je peux mourir en paix. »

Au coucher du soleil, le petit guide apparut sous le porche. On s'entassa, les trois tambourinaires, Pedro et moi, dans l'une des Land Rover. Le Tigréen était au volant, sa familiarité supposée avec les esprits autant que ses qualités confirmées de chauffeur avaient paru rassurantes à tous. On pouvait de plus compter sur sa discrétion. Nous avons rapidement quitté la grande piste et, dans la demi-obscurité du bref crépuscule, je vis que la voiture zigzaguait, sur une pente raide, entre des bouquets de bambous. La Land Rover rugissait de toute la puissance de ses quatre roues motrices. Le faisceau des phares faisait surgir pour un bref instant des profondeurs de la nuit un fragment de paysage éphémère (bambous, épineux, roches, silhouette furtive d'une gazelle affolée) qui s'évanouissait aussitôt derrière nous. Le petit guide donnait des indications que James traduisait en anglais pour le chauffeur. Celui-ci ne semblait marquer aucune hésitation. J'avais l'impression que le jeune garçon ne faisait que commenter un itinéraire que notre chauffeur connaissait comme s'il l'avait pratiqué de longue date. Je ne ressentais ni impatience ni inquiétude. J'étais certaine qu'une promesse allait s'accomplir.

La Land Rover s'arrêta à l'orée d'un bosquet épais de vieux ficus et de dracénas : il était facile de reconnaître dans ces vieux arbres les vestiges d'un ancien enclos. Notre petit guide nous fit suivre une étroite trouée au travers des broussailles et des lianes qui montaient à l'assaut des grands arbres. Les torches électriques de mes compagnons ne parvenaient pas à percer l'épais lacis des épineux qui formaient une voûte au-dessus de nos têtes. Soudain, le sentier incertain déboucha sur une clairière au milieu de laquelle s'élevait une grande hutte.

« *Ingoro y'ingoma*, dit le garçon, le sanctuaire du tambour. »

Gahene nous attendait, enveloppé dans une couverture grise. Le garçon se précipita aussitôt auprès de lui pour reprendre sa fonction de vigile. Cinq ou six hommes aussi âgés que lui semblaient faire office de gardiens du sanctuaire car, après nous avoir cérémonieusement salués, ils firent barrage à Pedro qui se précipitait pour pénétrer dans la hutte.

« D'abord à toi, me dit le vieillard, tu rentres

seule avec moi : je veux être sûr que c'est bien de toi que veut le tambour. »

Livingstone voulut me tendre sa lampe électrique mais l'un des gardiens s'interposa :

« C'est le feu qui éclaire le tambour, pas la lumière des Blancs que possèdent les "Américains". »

Gahene entra dans la hutte sans l'aide de son guide. Je me baissai à sa suite pour passer sous l'arceau de papyrus tressé qui encadrait la porte de la hutte. Lorsque je relevai la tête, je fus éblouie par les flammes d'un feu qui brûlait dans la vasque du foyer, puis je distinguai peu à peu, derrière ce rideau de lumière aveuglante, une forme qui ressemblait à celle d'un énorme animal, comme un hippopotame monstrueux, tapi dans l'ombre, qui me guettait. Sur l'invitation du vieillard, je contournai la coupelle du foyer et me retrouvai sur le flanc de ce que je reconnus comme étant un très gros tambour. Il était recouvert d'une carapace de vannerie rigide que Gahene fit basculer apparemment sans effort. Le laçage compliqué qui tendait la peau était zébré de traînées rougeâtres et des guirlandes fleuries enlaçaient la caisse qui reposait sur une sorte de trépied, ressemblant à un de ces sièges traditionnels qu'on appelle intebe, mais celui-là avait des dimensions à la mesure du tambour. Je sentais monter en moi les flammes qui crépitaient dans la vasque du foyer. Elles m'appelaient à danser avec elles pour rendre hommage au tambour.

Mon chant s'éleva, c'était celui de Muhumuza, de Nyabingui, de la reine Kitami.

« Bien, dit Gahene, invisible dans le fond obscur de la hutte. À présent, offre-toi au tambour. Il s'est dévoilé pour toi, dévoile-toi pour lui. Peau contre peau : offre-lui tes seins, offre-lui ton ventre. Tu n'as rien à craindre de moi, je suis aveugle, il n'y a que toi et le tambour. »

C'était comme si je savais depuis toujours ce que je devais faire. Je me déshabillai devant le tambour. Je lui présentai mes seins, mon ventre en offrande, je me collai contre sa peau, mes bras et mes cuisses dans le plus grand écartement, cherchant à atteindre ses rebords. J'entendis battre son cœur et le mien cessa de battre.

Ce fut le bâton de Gahene qui, tapotant doucement ma joue, me fit revenir à moi. J'étais étendue sur la jonchée d'herbes fines qu'on étalait devant le tambour comme on le faisait pour rendre hommage aux rois.

« Je sais à présent que c'est bien toi que nous attendions. Tu partiras avec le tambour et les "Américains" partiront avec toi. Mais prends bien garde : tu n'es pas la maîtresse du tambour, tu es sa servante, ne te risque pas à le trahir ou alors, malheur à toi. Habille-toi et appelle tes amis. Nous avons à discuter. »

Je sortis pour appeler les « Américains » qui attendaient impatients et inquiets autour d'un grand feu sous la surveillance silencieuse et soupçonneuse des gardiens du sanctuaire.

« Venez, Gahene est prêt à nous confier le tambour. Je serais surprise s'il ne vous convenait pas. Soyez généreux avec le grand-père. »

Ils pénétrèrent un à un dans la hutte. Le feu se mit à crépiter et les flammes illuminèrent violemment la hutte comme pour dire adieu à leur hôte :

« C'est bien lui, s'écria James, celui-là a un cœur !

— Jamais vu ça, s'étonna Livingstone, c'est vraiment africain !

— Plus fort que tous les tambours du vaudou ! constata Baptiste.

— Tout à fait ça ! Impressionnant. Je le vois déjà sur une scène. Ça fera son effet ! »

Et Pedro se précipita sur le tambour pour en prendre les mesures, vérifier le laçage, tester la membrane :

« Impeccable. Juste quelques petites restaurations. »

Chacun fit le tour du tambour, voulut le toucher, faire résonner la peau. Je considérais ces attouchements comme autant de sacrilèges :

« Arrêtez, arrêtez, sortez pour vous entendre sur le prix avec Gahene. »

La discussion ne dura que le temps qu'exige un minimum de décence commerciale. Le prix que réclamait Gahene représentait pour lui une fortune mais parut bien dérisoire aux « Américains » qui, pour ne pas vexer le vieux, firent mine de marchander. Marché conclu. On s'aperçut que la Land Rover ne pouvait contenir le tambour, les cinq passagers et le chauffeur.

Il me semble que c'est à ce moment que je pris la tête du groupe et je m'entendis, sans que personne ne s'en étonne et n'y fasse objection, donner mes instructions :

« Vous allez redescendre discrètement au Boma. Moi, je reste avec le tambour, Gahene a encore quelques secrets à me révéler. Dans deux jours, une Land Rover vient me rechercher. Le Tigréen est au volant et James l'accompagne. On prend le tambour et on file au Burundi par les petits sentiers. Vous, vous déménagez bien officiellement, vous payez le bourgmestre, vous ajoutez un matabiche s'il le faut. Je vous demande encore une chose : que James aille chez mes parents, sans se faire voir, qu'il leur donne la somme qu'ils auraient peut-être eue pour ma dot, que James les rassure, ils savent bien que, de toute façon, je devais partir, ils lui confieront ma petite valise du pensionnat qui contient tous mes biens, James leur dira qu'il y a, caché derrière les grandes cruches, un fer de lance qu'il me faut absolument emporter. Mes parents, ils savent qui me protège. Et que James n'oublie surtout pas de rassurer mes petites sœurs car nous devons nous retrouver un jour. »

Deux jours durant, je restai recluse dans la hutte-sanctuaire. Gahene, dès que la Land Rover se fut éloignée, me ramena devant le tambour. Il se dirigeait sans hésiter, son inséparable pilote se contentant de le suivre. Celui-ci lui présenta une cruche. Le vieillard y plongea un chalumeau, aspira longuement et souffla aussitôt le contenu sur la peau du tambour.

« À toi, maintenant », me dit-il en me tendant la paille.

Je fis comme Gahene – du peu que j'avalai du liquide, je reconnus le goût de la bière de sorgho au miel.

« Bien, dit Gahene, le tambour est satisfait. Le jour va bientôt se lever, tu entends les oiseaux ? Mais toi, il faut que tu dormes. Là, sous le tambour, on t'a préparé une natte. Il y a des songes pour t'instruire, ils sortiront du cœur du tambour. »

Je rampai sous le tambour qui reposait en équilibre sur un siège comme celui sur lequel s'asseyait mon père à la maison, mais celui-ci avait été taillé pour un géant. J'avais l'impression que l'énorme tronc d'arbre dans lequel il avait été creusé allait d'un instant à l'autre m'écraser. Malgré l'exiguïté de l'espace où j'étais parvenue à me glisser, je réussis, à force de contorsions, à me retourner et à m'étendre sur le dos. J'aperçus Gahene qui jetait des feuilles dentelées sur les braises du foyer : une fumée légère et parfumée envahit la hutte. Je me laissai bientôt emporter par le grand fleuve des songes.

Il n'est pas bon de briser le secret des songes : je ne le ferai pas. Mais je savais désormais quel nom porterait pour moi le tambour : c'était

Ruguina, le Rouge-Brun. Gahene approuva : « Il a beaucoup d'autres noms, mais pour toi, ce sera Ruguina et tu seras sa servante. » Le vieillard m'apprit à confectionner le baume dont je devrais oindre les flancs du tambour et à psalmodier les louanges avec lesquelles je saluerais chaque jour Ruguina. « N'oublie jamais, dit Gahene, c'est un esprit qui habite ce tambour : il est puissant. Et surtout, n'oublie pas qui tu es : Nyabingui t'a saisie pour toujours, tu es son umuguerwa. Tu t'imagines peut-être que sa puissance t'appartient, que tu t'en es emparée, mais c'est elle qui t'a conduite jusqu'ici, jusqu'à son tambour. Tu es sa servante, ne l'oublie pas. Ne me demande pas pourquoi, c'est Nyabingui qui le sait. »

Comme prévu, la Land Rover arriva le deuxième jour, à la tombée de la nuit. On avait choisi celle qu'on avait jugée assez grosse pour contenir le tambour. Comme je l'avais demandé, Mickaël était au volant et James l'accompagnait. Pour sortir le tambour, il fallut ouvrir une grande brèche dans le dôme de paille. Gahene y consentit sans réticence, ajoutant que la hutte serait de toutes les façons brûlée dès le départ du tambour. Une dizaine de jeunes gens avaient été recrutés pour transporter le tambour. Je leur fis de longues recommandations sur les précautions à prendre pour porter Ruguina. Ils le transportèrent sans accident par l'étroit sentier qui traversait le bosquet sacré et parvinrent jusqu'au 4×4 à l'arrière duquel le tambour fut précautionneusement déposé. Je ne laissai à personne le soin de l'arrimer sous des couvertures et des nattes. James me confia en soupirant qu'ils avaient dû sacrifier une partie de leurs bagages pour laisser la place au tambour. Il donna à Gahene la contrepartie pécuniaire promise pour le tambour et un peu plus sur son propre compte. Le vieux compta et recompta les billets et voulut offrir une dernière libation à Ruguina. Son fidèle petit compagnon alla aussitôt chercher une calebasse d'hydromel et Gahene souffla pour la dernière fois en signe d'adieu, les larmes aux yeux, le contenu de son chalumeau sur la peau du tambour.

Une nuit nous a suffi pour traverser le Rwanda du nord au sud. Au petit matin, nous empruntions les sentiers improbables que James avait préalablement reconnus pour franchir clandestinement la frontière. J'avais l'impression que nous roulions au hasard, que nous tournions en rond. Puis, brusquement, nous avons débouché sur une vraie piste où marchait une foule, surtout des femmes, leurs bébés au dos, portant sur la tête des régimes de bananes, des paniers remplis, des fagots de bois sec. J'écoutai le bourdonnement des voix : nous étions au Burundi ! Tous ces gens allaient au marché de Kirundo. Le soir même, nous serions à Bujumbura où nous attendait le reste du groupe.

*

Ici prend fin l'histoire de Prisca. Ici prend fin l'histoire de Nyabingui. L'histoire de Kitami, je la laisse aux journaux, aux radios, aux télévisions, je l'abandonne aux psychologues, aux psychiatres, aux psychanalystes, aux ethnologues, aux ethnopsychologues, aux ethnopsychiatres, aux ethnomusicologues… aux écrivains. L'histoire de Kitami, c'est une autre histoire…

Ruguina

LE TAMBOUR EST-IL L'ASSASSIN ?

De notre envoyé spécial
à Plymouth (île de Montserrat)

Accident, suicide, assassinat ? Les circonstances dans lesquelles Kitami, la célèbre et controversée chanteuse, a trouvé la mort restent jusqu'à présent bien mystérieuses. Elle aurait péri, selon les déclarations quelque peu embrouillées de la police, écrasée sous le poids de l'énorme tambour rwandais qui était l'emblème fétiche de ses spectacles. Celui-ci, nous explique-t-on, reposait, en position horizontale, sur un de ces sièges africains traditionnels, sans doute plus large et plus haut qu'un siège ordinaire, une sorte de tabouret sculpté dans une pièce de bois massive. Le tambour était par ailleurs retenu par deux chaînettes fixées au plancher. Les enquêteurs ne parviennent pas à expliquer comment le tambour a pu basculer, rompant ses attaches, pour aller broyer Kitami, allongée, nue sous l'imposant instrument.

L'autopsie du corps de la chanteuse a révélé de nombreuses contusions, des vertèbres cassées et surtout un enfoncement de la boîte crânienne qui, comme le suggère l'un des enquêteurs, a pu être causé par la base effilée du tambour. On se souviendra que, durant les représentations, Ruguina, puisque tel était le nom attribué à l'instrument, était maintenu dressé par des jeunes filles agenouillées, deux ou quatre, contre la caisse. C'était, semble-t-il, une faveur recherchée par les suivantes de Kitami que d'être choisies pour soutenir durant au moins deux heures le tambour vénéré, ce qui, étant donné son poids, demandait un constant et, à la longue, épuisant effort.

C'est l'une de ces jeunes filles qui faisaient partie de la suite de la chanteuse (elles étaient une dizaine) qui a déclaré avoir découvert l'horrible spectacle. Ne trouvant pas sa maîtresse dans le lit à ses côtés (car il semble que Kitami ait eu l'habitude de partager sa couche avec l'une ou l'autre de celles qu'elle appelait ses suivantes), elle a pensé que celle-ci était allée saluer Ruguina, comme tous les matins, dans l'ancien moulin à sucre où on le déposait comme dans son sanctuaire. Les hurlements de la jeune fille ont alerté les autres membres du groupe. Les tambourinaires et le manager ont soulevé le tambour et, découvrant le corps ensanglanté de Kitami, aussitôt compris qu'elle avait succombé au coup qui avait ouvert, à l'arrière du crâne, une fracture béante d'où s'échappait une bouillie sanguinolente qui engluait sa chevelure.

Les indices relevés par les enquêteurs sont peu nombreux et ne débouchent sur aucune piste prometteuse. Les empreintes digitales découvertes sur le tambour appartenaient dans leur grande majorité à Kitami, quelques-unes aux jeunes gens qui soulevaient le tambour pour le hisser sur le palanquin et le transportaient jusque sur la scène, et aux jeunes filles qui le maintenaient en position verticale. Le sang qui, en longues traînées, souillait la caisse est bien celui de Kitami. Ayant délacé la membrane de l'instrument, on a découvert, à l'intérieur, un sac confectionné, semble-t-il, dans un tissu fait d'écorce battue, qui contenait un fer de lance, deux petites serpettes à manche de fer, un bâton gainé de perles de verre blanches et noires, et un bandeau tissé de ces mêmes perles. La porte du moulin n'a pas été forcée et les fouilles opérées sur toute l'étendue du domaine n'ont rien donné. Aucun concert n'ayant été programmé pour la quinzaine, les bungalows des invités privilégiés étaient vides et les fiches des hôtels de Plymouth n'ont révélé la présence d'aucun client sur lequel auraient pu se porter quelques soupçons. Les membres du groupe qui ont rompu avec Kitami sont hors de cause : Livingstone, le tambourinaire, est signalé à la Jamaïque où il purge une peine de prison, ayant été condamné à la suite d'une fusillade entre deux gangs de narcotrafiquants. Maximilla, qui a été un temps partenaire de Kitami et a voulu voler de ses propres ailes, est chanteuse (ou entraîneuse?) dans un cabaret de Bruxelles où elle tient spectacle tous les soirs. Selon des bruits malveillants, elle a aussi ouvert à Matonge un cabinet clandestin de voyante-magnétiseuse-psychothérapeute qui attire une nombreuse clientèle persuadée qu'elle est la légitime héritière des dons de Kitami.

L'interrogatoire des différents membres du groupe n'a pas fait non plus avancer l'enquête. Tous s'en tiennent à la thèse de l'accident. Tous expliquent que Kitami interdisait que l'on touche à son tambour. Elle l'enduisait, elle seule, d'un baume de sa confection qui était censé préserver le bois des parasites et du pourrissement. Elle procédait, seule, à diverses aspersions à des fins à la fois magiques et prophylactiques. Ce serait sans doute au cours de ces manipulations que le tambour se serait renversé, l'écrasant sous son poids. James Rwatangabo, l'un des tambourinaires, d'origine rwandaise, a fini par concéder que Kitami se livrait parfois à des rituels étranges qui relevaient de ce que les spécialistes appellent l'oniromancie : elle passait quelquefois la nuit allongée sous le tambour qui, selon elle, était la source de ses improvisations. « Alors, a répété James aux enquêteurs perplexes, c'est le cœur du tambour qui lui parle. »

Les policiers, bien sûr, ne se satisfont pas de ces élucubrations mystiques, ils cherchent une explication rationnelle, et encore mieux un coupable, d'autant que les journalistes qui ont envahi la petite île s'impatientent et que, dans les bars des hôtels de Plymouth, des rumeurs venues des cabarets à rhum se transforment en gros titres tapageurs :

CRIME ET MAGIE NOIRE SOUS LE VOLCAN

LE MYSTÈRE DU TAMBOUR SANGLANT

LA MORT MYSTÉRIEUSE DE KITAMI :
UN SACRIFICE HUMAIN ?

VAUDOU, DROGUE OU ACCIDENT ?
KITAMI, REINE NYABINGHI OU CHANTEUSE,
ÉCRASÉE SOUS SON TAMBOUR FÉTICHE

LA VENGEANCE DU TAMBOUR

LE MYSTÉRIEUX CONTENU DU TAMBOUR
RUGUINA : UN PARCHEMIN KABBALISTIQUE

RUGUINA PASSEUR DE DROGUE ? PLUSIEURS KILOS
DE COCAÏNE AURAIENT PU ÊTRE DISSIMULÉS
À L'INTÉRIEUR DU TAMBOUR

KITAMI MASSACRÉE PAR SES SERVANTES
QU'ELLE AURAIT TRANSFORMÉES
EN ESCLAVES SEXUELLES !

QUI A TUÉ KITAMI ? LES SOUPÇONS PÈSENT
SUR LE TAMBOUR

UNE PLANCHE PORTANT UNE INSCRIPTION
HÉBRAÏQUE AURAIT ÉTÉ RETROUVÉE
À L'INTÉRIEUR DU TAMBOUR : UN VESTIGE DE
L'ARCHE D'ALLIANCE SELON UN SPÉCIALISTE
DES SCIENCES ÉSOTÉRIQUES

LE TAMBOUR DE LA CHANTEUSE RECELAIT
LES ATTRIBUTS D'UN PHARAON…

Après s'être longtemps contentée de la thèse de l'accident soutenue par tous les proches de la chanteuse, la police locale avance à présent à demi-mot celle du suicide, mais un suicide assisté. Kitami, en effet, n'a pu, selon toute vraisemblance, dans la position où on l'a trouvée sous le tambour, déplacer à elle seule le haut tabouret sur lequel reposait le lourd instrument et détacher les chaînettes qui le maintenaient. Les policiers soupçonnent les jeunes filles qui formaient la suite de Kitami d'avoir, sous ses ordres, procédé à cette mise en scène macabre dont le motif et la finalité leur échappent.

Mais le rapport des médecins légistes peut aussi laisser supposer que Kitami a d'abord été tuée d'un coup violent porté à l'arrière du crâne par un instrument contondant avant d'être déposée sous le tambour et non pas, comme certains l'ont avancé, en heurtant la base pointue du tambour. Ce qui conforte la thèse d'un meurtre pour lequel deux inspecteurs dépêchés de Scotland Yard entendaient bien démasquer l'assassin.

Ils ont donc entrepris d'interroger à nouveau tous les membres de la troupe. Ce ne fut pas facile pour celles qu'on appelle les suivantes. On les trouva dans un des nombreux salons de la maison de maître, se tenant l'une à l'autre enlacées, dans une déploration unanime où se mêlaient sanglots, gémissements et hurlements de douleur. Les gendarmes hésitèrent longtemps à dénouer les étreintes des pleureuses, craignant, semble-t-il, d'attirer sur eux on ne sait quelle malédiction. Les interrogatoires n'ont rien donné : elles se sont mutuellement fourni des alibis difficilement réfutables.

Le tambourinaire guadeloupéen Baptiste Magloire et le joueur de sistre éthiopien ont été rapidement mis hors de cause. Tous les deux vouaient à Kitami une dévotion sans limites et n'avaient aucun intérêt à sa mort qui aboutira sans nul doute à la dissolution du groupe qui leur assurait jusqu'à présent célébrité et revenus.

Les limiers de Scotland Yard ont soupçonné quelque temps Pedro, le régisseur, d'être le parrain d'un vaste réseau de trafic de drogue.

Kitami était-elle sa complice et a-t-elle voulu prendre la tête du gang de narcotrafiquants, ce qui aurait poussé Pedro à la supprimer ? A-t-elle au contraire découvert les agissements criminels de son régisseur et voulu les dénoncer ? Les inspecteurs ont épluché les comptes, les rentrées et sorties d'argent, vérifié l'identité de tous ceux qui assistaient le plus assidûment aux spectacles de la chanteuse, pointé tous les yachts et autres embarcations qui ont accosté à Montserrat depuis que Kitami s'y est installée, l'aéroport leur a fourni la liste des passagers de tous les avions de ligne ou privés qui y ont atterri. Toutes ces investigations n'ont abouti à rien.

Les inspecteurs anglais comptent sur James Rwatangabo pour leur fournir un peu plus d'indications sur les mobiles du crime, qu'ils soient sordides ou ésotériques. En tant que compatriote de Kitami, il est certainement au courant des dessous de l'affaire. D'ailleurs, lui aussi peut être compté au nombre des suspects. Il avait bien un mobile pour assassiner Kitami : ne lui avait-elle pas interdit, au moins pour quelques représentations, de battre le tambour Ruguina? Cette punition peut avoir été ressentie comme le comble du déshonneur pour celui qui se proclame bien haut seul tambourinaire authentique, digne d'être de ceux qu'ils appellent, dans leur tradition commune, un mutimbo. A-t-il voulu venger cet affront? Est-ce lui qui a imaginé le rituel macabre de la scène de crime? Mais James, devenu méfiant, regrettant peut-être ses premières déclarations trop spontanées, élude à présent les questions, fait semblant de ne pas entendre ou de ne pas comprendre.

Les policiers se découragent. Ils sont d'ailleurs poussés par les autorités de l'île à clore l'affaire au plus vite, car celles-ci voient dans l'agitation médiatique qui s'est déchaînée autour du meurtre de Kitami un grave préjudice pour la réputation de l'île et la tranquillité de ses habitants.

James, s'il est peu loquace devant les policiers, se répand dans les *rum shops* en soliloques nébuleux qui attirent encore des journalistes attardés en quête d'un dernier scoop. Quelques bouteilles de bière auxquelles s'ajoutent un certain nombre de verres de rhum suffisent à lui délier la langue, mais ses propos n'en sont que plus obscurs. Il raconte que Kitami voulait repousser désormais le Chant qui l'envahissait et la faisait souffrir, car il annonçait les plus grands malheurs. Mais le Chant était plus fort qu'elle, il l'obligeait à annoncer le Malheur. James ignore si ces malheurs concernent Montserrat ou le Rwanda. Mais il dit que peut-être Kitami a voulu, en se sacrifiant sous le tambour, conjurer le Malheur comme devaient le faire les rois ou les reines du Rwanda d'autrefois. « Le Malheur, lui aurait dit Kitami, se croit toujours le plus fort mais il ignore qui vient après lui. »

Kitami	9
Nyabingui	67
Ruguina	185

DU MÊME AUTEUR

Aux Éditions Gallimard

INYENZI OU LES CAFARDS, 2006 (Folio n° 5709).

LA FEMME AUX PIEDS NUS, 2008 (Folio n° 5382). Prix Seligmann 2008 de la Chancellerie des Universités de Paris «contre le racisme et l'intolérance».

L'IGUIFOU : NOUVELLES RWANDAISES, 2010 (Folio n° 5987). Prix Renaissance de la nouvelle 2011, prix Paul Bourdarie 2011 décerné par l'Académie des sciences d'outre-mer.

NOTRE-DAME DU NIL, 2012 (Folio n° 5708). Prix Ahmadou Kourouma décerné par le Salon international du livre et de la presse de Genève, prix Océans France Ô et prix Renaudot 2012.

CE QUE MURMURENT LES COLLINES, 2014 (Folio n° 5929 et Folio 2 € n° 6162, repris en partie sous le titre LA VACHE DU ROI MUSINGA ET AUTRES NOUVELLES RWANDAISES). Grand Prix SGDL de la nouvelle 2015.

CŒUR TAMBOUR, 2016 (Folio n° 6435).

Pour l'ensemble de son œuvre :

Prix de la Fondation du judaïsme français

COLLECTION FOLIO

Dernières parutions

6210. Collectif — *Paris sera toujours une fête*
6211. André Malraux — *Malraux face aux jeunes*
6212. Saul Bellow — *Les aventures d'Augie March*
6213. Régis Debray — *Un candide à sa fenêtre. Dégagements II*
6214. Jean-Michel Delacomptée — *La grandeur. Saint-Simon*
6215. Sébastien de Courtois — *Sur les fleuves de Babylone, nous pleurions. Le crépuscule des chrétiens d'Orient*
6216. Alexandre Duval-Stalla — *André Malraux - Charles de Gaulle : une histoire, deux légendes*
6217. David Foenkinos — *Charlotte*, avec des gouaches de Charlotte Salomon
6218. Yannick Haenel — *Je cherche l'Italie*
6219. André Malraux — *Lettres choisies 1920-1976*
6220. François Morel — *Meuh !*
6221. Anne Wiazemsky — *Un an après*
6222. Israël Joshua Singer — *De fer et d'acier*
6223. François Garde — *La baleine dans tous ses états*
6224. Tahar Ben Jelloun — *Giacometti, la rue d'un seul*
6225. Augusto Cruz — *Londres après minuit*
6226. Philippe Le Guillou — *Les années insulaires*
6227. Bilal Tanweer — *Le monde n'a pas de fin*
6228. Madame de Sévigné — *Lettres choisies*
6229. Anne Berest — *Recherche femme parfaite*
6230. Christophe Boltanski — *La cache*
6231. Teresa Cremisi — *La Triomphante*
6232. Elena Ferrante — *Le nouveau nom. L'amie prodigieuse, II*

6233.	Carole Fives	*C'est dimanche et je n'y suis pour rien*
6234.	Shilpi Somaya Gowda	*Un fils en or*
6235.	Joseph Kessel	*Le coup de grâce*
6236.	Javier Marías	*Comme les amours*
6237.	Javier Marías	*Dans le dos noir du temps*
6238.	Hisham Matar	*Anatomie d'une disparition*
6239.	Yasmina Reza	*Hammerklavier*
6240.	Yasmina Reza	*« Art »*
6241.	Anton Tchékhov	*Les méfaits du tabac* et autres pièces en un acte
6242.	Marcel Proust	*Journées de lecture*
6243.	Franz Kafka	*Le Verdict – À la colonie pénitentiaire*
6244.	Virginia Woolf	*Nuit et jour*
6245.	Joseph Conrad	*L'associé*
6246.	Jules Barbey d'Aurevilly	*La Vengeance d'une femme* précédé du *Dessous de cartes d'une partie de whist*
6247.	Victor Hugo	*Le Dernier Jour d'un Condamné*
6248.	Victor Hugo	*Claude Gueux*
6249.	Victor Hugo	*Bug-Jargal*
6250.	Victor Hugo	*Mangeront-ils ?*
6251.	Victor Hugo	*Les Misérables. Une anthologie*
6252.	Victor Hugo	*Notre-Dame de Paris. Une anthologie*
6253.	Éric Metzger	*La nuit des trente*
6254.	Nathalie Azoulai	*Titus n'aimait pas Bérénice*
6255.	Pierre Bergounioux	*Catherine*
6256.	Pierre Bergounioux	*La bête faramineuse*
6257.	Italo Calvino	*Marcovaldo*
6258.	Arnaud Cathrine	*Pas exactement l'amour*
6259.	Thomas Clerc	*Intérieur*
6260.	Didier Daeninckx	*Caché dans la maison des fous*
6261.	Stefan Hertmans	*Guerre et Térébenthine*
6262.	Alain Jaubert	*Palettes*
6263.	Jean-Paul Kauffmann	*Outre-Terre*

6264. Jérôme Leroy — *Jugan*
6265. Michèle Lesbre — *Chemins*
6266. Raduan Nassar — *Un verre de colère*
6267. Jón Kalman Stefánsson — *D'ailleurs, les poissons n'ont pas de pieds*
6268. Voltaire — *Lettres choisies*
6269. Saint Augustin — *La Création du monde et le Temps*
6270. Machiavel — *Ceux qui désirent acquérir la grâce d'un prince...*
6271. Ovide — *Les remèdes à l'amour suivi de Les Produits de beauté pour le visage de la femme*
6272. Bossuet — *Sur la brièveté de la vie et autres sermons*
6273. Jessie Burton — *Miniaturiste*
6274. Albert Camus – René Char — *Correspondance 1946-1959*
6275. Erri De Luca — *Histoire d'Irène*
6276. Marc Dugain — *Ultime partie. Trilogie de L'emprise, III*
6277. Joël Egloff — *J'enquête*
6278. Nicolas Fargues — *Au pays du p'tit*
6279. László Krasznahorkai — *Tango de Satan*
6280. Tidiane N'Diaye — *Le génocide voilé*
6281. Boualem Sansal — *2084. La fin du monde*
6282. Philippe Sollers — *L'École du Mystère*
6283. Isabelle Sorente — *La faille*
6285. Jules Michelet — *Jeanne d'Arc*
6286. Collectif — *Les écrivains engagent le débat. De Mirabeau à Malraux, 12 discours d'hommes de lettres à l'Assemblée nationale*
6287. Alexandre Dumas — *Le Capitaine Paul*
6288. Khalil Gibran — *Le Prophète*
6289. François Beaune — *La lune dans le puits*

6290.	Yves Bichet	*L'été contraire*
6291.	Milena Busquets	*Ça aussi, ça passera*
6292.	Pascale Dewambrechies	*L'effacement*
6293.	Philippe Djian	*Dispersez-vous, ralliez-vous !*
6294.	Louisiane C. Dor	*Les méduses ont-elles sommeil ?*
6295.	Pascale Gautier	*La clef sous la porte*
6296.	Laïa Jufresa	*Umami*
6297.	Héléna Marienské	*Les ennemis de la vie ordinaire*
6298.	Carole Martinez	*La Terre qui penche*
6299.	Ian McEwan	*L'intérêt de l'enfant*
6300.	Edith Wharton	*La France en automobile*
6301.	Élodie Bernard	*Le vol du paon mène à Lhassa*
6302.	Jules Michelet	*Journal*
6303.	Sénèque	*De la providence*
6304.	Jean-Jacques Rousseau	*Le chemin de la perfection vous est ouvert...*
6305.	Henry David Thoreau	*De la simplicité !*
6306.	Érasme	*Complainte de la paix*
6307.	Vincent Delecroix/ Philippe Forest	*Le deuil. Entre le chagrin et le néant*
6308.	Olivier Bourdeaut	*En attendant Bojangles*
6309.	Astrid Éliard	*Danser*
6310.	Romain Gary	*Le Vin des morts*
6311.	Ernest Hemingway	*Les aventures de Nick Adams*
6312.	Ernest Hemingway	*Un chat sous la pluie*
6313.	Vénus Khoury-Ghata	*La femme qui ne savait pas garder les hommes*
6314.	Camille Laurens	*Celle que vous croyez*
6315.	Agnès Mathieu-Daudé	*Un marin chilien*
6316.	Alice McDermott	*Somenone*
6317.	Marisha Pessl	*Intérieur nuit*
6318.	Mario Vargas Llosa	*Le héros discret*
6319.	Emmanuel Bove	*Bécon-les-Bruyères* suivi du *Retour de l'enfant*
6320.	Dashiell Hammett	*Tulip*
6321.	Stendhal	*L'abbesse de Castro*

6322. Marie-Catherine Hecquet — *Histoire d'une jeune fille sauvage trouvée dans les bois à l'âge de dix ans*
6323. Gustave Flaubert — *Le Dictionnaire des idées reçues*
6324. F. Scott Fitzgerald — *Le réconciliateur* suivi de *Gretchen au bois dormant*
6325. Madame de Staël — *Delphine*
6326. John Green — *Qui es-tu Alaska ?*
6327. Pierre Assouline — *Golem*
6328. Alessandro Baricco — *La Jeune Épouse*
6329. Amélie de Bourbon Parme — *Le secret de l'empereur*
6330. Dave Eggers — *Le Cercle*
6331. Tristan Garcia — *7. romans*
6332. Mambou Aimée Gnali — *L'or des femmes*
6333. Marie Nimier — *La plage*
6334. Pajtim Statovci — *Mon chat Yugoslavia*
6335. Antonio Tabucchi — *Nocturne indien*
6336. Antonio Tabucchi — *Pour Isabel*
6337. Iouri Tynianov — *La mort du Vazir-Moukhtar*
6338. Raphaël Confiant — *Madame St-Clair. Reine de Harlem*
6339. Fabrice Loi — *Pirates*
6340. Anthony Trollope — *Les Tours de Barchester*
6341. Christian Bobin — *L'homme-joie*
6342. Emmanuel Carrère — *Il est avantageux d'avoir où aller*
6343. Laurence Cossé — *La Grande Arche*
6344. Jean-Paul Didierlaurent — *Le reste de leur vie*
6345. Timothée de Fombelle — *Vango, II. Un prince sans royaume*
6346. Karl Ove Knausgaard — *Jeune homme, Mon combat III*
6347. Martin Winckler — *Abraham et fils*

Composition Dominique Guillaumin
Impression Novoprint
à Barcelone, le 22 janvier 2018
Dépôt légal : janvier 2018
ISBN 978-2-07-276253-6./Imprimé en Espagne.

327044